1

PIERRE LÉOUTRE

Les Gardiennes de l'Humanité

Ce roman est une fiction.
Toute ressemblance avec des personnages ayant existé ou existant actuellement serait purement fortuite.

Très librement interprété d'un roman inédit de Franck Dequidt : *La Femme aux yeux d'acier inoxydable.*

Avec mes remerciements à Monique M. pour son aide.

Lorsqu'une femme te parle,

souris-lui et ne l'écoute pas.

Ly-Kin ou Livre des Rites

Préface

Cette histoire est-elle une pure fiction ? Elle ne tarde pas à nous faire réagir, puis réfléchir quelles que soient nos convictions. Notre ami et « Marianne », Pierre nous invite avec humour à la prendre au second degré. Car elle a le grand intérêt de toucher du doigt la notion de genre.

Après la domination masculine, allons-nous vers une inversion des rôles, comme le montre cette vision futuriste de notre société ?

Le débat reste ouvert et « Les Gardiennes de l'Humanité » ne peut laisser les lectrices et les lecteurs indifférents.

Aujourd'hui, il est grand temps de se poser les bonnes questions dans le contexte du développement des extrémismes de toutes sortes...

Vouloir construire une humanité idéale, est-ce tenter de reproduire les mêmes erreurs en renversant les pouvoirs ? Est-il encore plus difficile de trouver sa place dans la société actuelle, qu'on soit femme, homme ou autre ? Peut-être qu'un juste équilibre égalitaire reste à trouver !

Il ne sert plus à rien de se gargariser de mots comme liberté, égalité, fraternité, laïcité. Il est sans doute nécessaire de se les réapproprier et d'agir en conséquence.

« La femme est-elle l'avenir de l'homme ? »

Voilà un bon sujet de débat... car il ne faut pas oublier que « si la femme est un des pôles de l'humanité, l'homme en est l'autre pôle ».

Pierrette Carbon
Présidente de l'association *Libres MarianneS Midi Pyrénées*
http://libresmariannestoulouse.blogspot.fr

CONVOCATION

C'était sur cette même terre, mais à une autre époque.

Théophile héla sa compagne et lui demanda de lui apporter une bière, une rousse, la seule qu'il aimait dans ce type de boissons. Elle arriva presque aussitôt, son corps rond roulé dans un long sari blanc, tenant dans ses belles mains la bouteille de bière réclamée ; il regarda avec plaisir les courbes de ce corps dont il ne se lassait pas depuis qu'il vivait avec elle. Cela faisait déjà plusieurs années qu'ils avaient été accouplés par l'ordinateur central. Il savait qu'il avait eu beaucoup de chance d'être présenté à cette femme simple et de bon goût, qui lui ressemblait et comblait ses désirs. Elle venait d'une zone montagneuse où le Pouvoir Planétaire avait tenu à conserver une catégorie féminine élémentaire, du moins par rapport à ce qu'étaient aujourd'hui les femmes ; en effet, à la suite du Grand Blutch de l'an 2099, tous les hommes survivants de la guerre qui avait opposé les sexes, n'avaient pas été reformatés et normalisés certains, comme Théophile, en raison de leurs antécédents, avaient hérité d'un statut particulier. Ils étaient des sortes de cobayes et bénéficiaient d'un mode de vie traditionnel, c'est-à-dire qu'ils partageaient une demeure avec une femme et vivaient comme autrefois, du moins tel que l'on pouvait l'imaginer d'après les quelques documents vidéos qui avaient survécu au conflit. C'était dans ce but que le Pouvoir Planétaire avait tenu à préserver quelques femmes pouvant s'adapter à des hommes comme Théophile.

Celui-ci ouvrit sa bière et s'installa confortablement dans l'espèce de fauteuil à gravitation, sans pied, qui planait à une certaine distance du sol et dans lequel il était si agréable de se caler. Aphrodite - il l'avait prénommée Aphrodite car il n'avait jamais réussi à retenir son prénom ; elle était originaire de la région indienne, ce qui expliquait sa grande beauté et son charme irrésistible - s'approcha de lui et lui proposa un rapprochement corporel. Ce n'était pas encore l'heure légale mais elle savait que Théophile était assez cool en ce domaine et qu'il se souciait assez peu des règlements très stricts édictés en la matière par l'Équipe municipale de la cité tolosane. Il s'était même accroché, un jour, avec l'une des membres de l'Équipe, le genre de femmes qui ne devait jamais consommer les hommes mis à disposition des citoyennes dans le harem communal. Faisant fi du statut particulier de Théophile, elle avait même menacé d'envoyer les redoutables Amazones du Commissariat Centre, dont on savait qu'elles n'étaient jamais tendres avec les rebelles masculins des bas quartiers. L'histoire avait failli mal se terminer et Théophile ne s'était calmé que grâce à l'intervention d'une de ses amies du courant lesbien qui avait le bras long et tenait absolument à ce que les droits du Clan des Hommes Admis, dont faisait partie Théophile, fussent respectés.

Théophile et Aphrodite avaient bien entamé les préliminaires de leur rapprochement corporel lorsque retentit une demande d'autorisation d'accès à leur domicile. En maugréant, l'homme se dirigea vers le visiophone qui filmait l'entrée de leur loft et regarda qui venait les déranger ; il aperçut trois visages féminins à qui il demanda de lire leurs cartes magnétiques. Elles s'exécutèrent car, bien que femmes, elles devaient respecter impérativement les règles de sécurité qui permettaient de supprimer toute forme de délinquance et de violence, au détriment certes d'une certaine forme de liberté ; les codes magnétiques d'identification s'affichèrent à l'écran de Théophile. Ses visiteuses n'étaient pas n'importe qui puisqu'il s'agissait de deux membres du Comité de Quartier et surtout d'une élue du Comité Central.

Affichant un air désolé, Aphrodite replaça son sari sur son corps somptueux, tandis que Théophile jetait un rapide coup d'œil sur son logement pour vérifier qu'aucun objet apparent ne pouvait lui valoir une remontrance vis-à-vis du règlement mental sanitaire. Ce règlement, très contraignant, et qui se compliquait presque chaque semaine par de nouvelles dispositions, permettait une société avec un ordre moral extrêmement clean, une hygiène collective tout à fait efficace mais, à vrai dire, surtout adaptée à une mentalité féminine - ce qui était tout à fait normal puisque c'étaient les femmes qui dirigeaient le monde - ce qui parfois était pesant pour les hommes, du moins ceux qui étaient restés dans le circuit. Pour tenir le coup, Théophile se permettait quelques écarts mais prenait garde à ne pas se faire attraper par la milice qui appliquait stupidement le règlement : les contrevenants se voyaient retirer automatiquement quelques unités sur leur compte bimensuel et le statut de Théophile ne lui permettait pas de gaspiller ces précieuses unités, nécessaires pour tout acte consumériste. La plupart des hommes étaient subventionnés et pris en charge pour leurs besoins élémentaires ; ils ne disposaient donc pas de comptes à la banque. Quant aux Rebelles, ils vivaient de pillages et de rapines et n'avaient que faire des unités de consommation. Les Admis, comme Théophile, s'étaient vus attribuer, pour leur part, à peu près les mêmes moyens que les citoyennes, à défaut des mêmes droits. Mais comme il a déjà été dit, les produits et services disponibles étaient d'abord étudiés pour les femmes. Il fallait donc s'adapter en permanence ; et encore, les hommes autorisés pouvaient-ils s'estimer heureux de consommer, car régulièrement des intégristes du Comité Central revenaient politiquement à la charge pour demander l'exclusivité féminine. Heureusement, la Présidence collégiale du Comité Central était d'obédience démocratique et tenait à préserver les statuts des minorités masculines, dans la mesure où ceux-ci ne remettaient pas en cause l'hégémonie des femmes.

En conséquence, il valait mieux sur cette planète, faire attention à ce que l'on disait ou ce que l'on faisait si l'on était un homme. Les Admis vivaient dans un bain permanent de « politiquement correct », les Rebelles, évidemment, fuyaient les femmes comme la peste et le choléra, et l'homme ordinaire était devenu quelque chose ressemblant à un animal domestique doué de quelques facultés qui le différenciaient tout juste de celui-ci. Ainsi Théophile faisait-il preuve d'une très grande prudence lorsqu'il avait affaire à une représentante de l'ordre établi. En l'occurrence, il se montra très respectueux à l'égard de ses trois visiteuses, même si elles avaient malencontreusement perturbé son rapprochement corporel avec la superbe Aphrodite (ce qu'il détestait au plus haut point).

D'ailleurs, le membre du Comité Central lui fit comprendre d'emblée par son attitude légèrement hautaine, le peu d'estime qu'elle avait, non pas pour lui personnellement, mais pour son appartenance à la gent masculine. Le ton de sa voix fut aussi cassant lorsqu'elle lui demanda avec réprobation :
– Alors, Théophile, toujours aussi lubrique ? Encore occupé, je suppose, à boire de la bière et à forniquer avec cette jeune femme qui mériterait mieux que d'être ta compagne ?

Elle se tourna vers Aphrodite :

– Et toi, comment vas-tu ? Tu sais qu'en tant que femme tu as le droit permanent de changer de situation, et tu as le devoir de me signaler tout comportement asocial de cet homme. Au moins, possèdes-tu le numéro spécial de la Milice, celui qui sert pour dénoncer les activités masculines suspectes ?

D'une voix douce, la charmante Aphrodite répondit que tout allait bien, qu'elle était très heureuse et que son Théophile préféré lui donnait entièrement satisfaction. Sa réponse sembla désoler l'élue du Comité Central, mais elle n'insista pas dans son questionnaire soupçonneux et se retourna vers l'animal masculin :

– Tu as de la chance, Théophile, mais je t'ai à l'œil. S'il ne tenait qu'à moi, tu serais depuis longtemps dans un centre de loisirs. Cela étant, il se trouve que j'ai besoin de toi.

Théophile sourit intérieurement : ces chefs politiques paraissaient très sûres d'elles, leur discours était intransigeant et elles défendaient farouchement le statu quo de la société féminine ; mais elles ne pouvaient pas éliminer totalement la présence masculine, et avaient même parfois besoin d'eux pour régler certains problèmes. Comme celui dont elle commença à lui parler.

Malgré des projets futuristes, les femmes ne pouvaient pas vivre tout à fait seules, et le courant majoritaire à la Chambre maintenait le droit à l'utilisation des hommes pour le plaisir, voire la procréation. Il y avait également quelques tâches physiques que ni les machines ni les femmes ne pouvaient effectuer. Sans compter le problème lancinant de la révolte des Rebelles, qui s'éternisait malgré la violence et l'efficacité de la répression.

En effet, les femmes avaient un problème pour lutter efficacement contre les Rebelles. Elles ne parvenaient pas à infiltrer leurs rangs et identifier leurs membres ; selon une vieille méthode policière, aucun homme Admis n'acceptait de le faire, et les autres étaient trop rudimentaires pour un tel travail. Quant aux femmes de la Police, la différence de sexe était une difficulté irréductible, et les quelques expériences réalisées à l'aide de déguisements s'étaient soldées par des échecs retentissants. Ce conflit irréductible avait été évoqué à maintes reprises au plus haut niveau du pouvoir, mais aucune solution véritablement satisfaisante n'avait été trouvée jusqu'à ce jour. De guerre lasse - car il s'agissait bien d'une guerre, qui minait l'équilibre harmonieux de la société féminine et empêchait son complet épanouissement -, le Conseil Suprême avait décidé d'expérimenter une nouvelle approche, avec une tentative de négociations avec les Rebelles. Cependant, pour bien limiter l'aspect expérimental de cette idée, il avait été décidé en haut lieu de circonscrire géographiquement cet essai de dialogue à la cité tolosane, dans la région française du sud de l'Europe où, traditionnellement, les mœurs étaient agréables et courtoises, et les relations humaines non violentes et fondées sur le discours. Il n'était pas question de confier cette mission d'approche à une femme. Aucune n'était en mesure d'entamer une discussion avec un chef rebelle, même le moins agité. Il fallait absolument un Homme Admis pour ce travail. Les ordinateurs de la Police avaient fonctionné et l'imprimante avait finalement sorti la fiche de Théophile, considéré à la fois comme un mâle sûr, bien intégré à la société, mais avec suffisamment de liberté d'esprit pour pouvoir mener à bien cette tentative de réconciliation du genre humain.

Ce fut tout cela qu'expliqua la représentante du Comité Central à Théophile. Ce dernier demanda s'il disposait d'un délai de réflexion ; la réponse fut négative. Il s'agissait quasiment d'un ordre. Il s'interrogea alors sur ce qu'il avait à gagner dans ce travail de mercenaire diplomate. La Femme lui promit de nombreuses unités ; il demanda un chiffre précis puis, devant la réponse obtenue, sollicita le double. Comme elle ne pouvait pas dépasser le budget alloué pour cette opération, elle contourna la difficulté en lui promettant une autorisation permanente de séjour dans l'Île de la Félicité, et en lui faisant miroiter une évolution tout à fait remarquable de son statut social en cas de réussite complète de sa mission.

Bref, le projet semblait intéressant, conforme à l'éthique, et Théophile ne se fit pas trop prier. Il rappela que selon le Règlement suprême de l'Humanité, il n'avait pas le droit de faire du tort à ses alter ego masculins. La représentante du Comité Central conclut la discussion en l'assurant que cette mission était pacifique et avait seulement pour but d'améliorer le sort de toutes les communautés du monde. En somme, Théophile n'avait guère le choix. Il accepta donc et les trois femmes sortirent de chez lui en lui disant qu'il serait prochainement contacté pour les détails opérationnels de sa mission.

Tandis qu'il raccompagnait ses hôtesses obligées, Aphrodite alluma trois bâtonnets d'encens ; elle s'approcha de lui, passa ses bras autour de son cou, l'embrassa tendrement puis lui proposa de reprendre le cours de leur rapprochement corporel. Sans hésiter une seconde, Théophile agréa cette demande, non sans penser qu'il était actuellement très sollicité par les femmes, mais que cela n'était pas pour lui déplaire.

L'ORGANISTE D'IRIS

— Je donnerais bien une petite fête, dit Glaïeul. Il y a longtemps que je ne l'ai fait.

— La dernière soirée date de presque huit cycles, rappela Iris. C'était pour célébrer la première année de notre union.

L'année comprend douze cycles de vingt-huit journées, et un cycle de vingt-neuf journées. Une année sur quatre, ce treizième cycle compte trente journées.

Le regard de Glaïeul quitta le calme paysage qui s'étendait derrière la villa et la jeune femme tourna la tête vers Iris, allongée languissante sur une chauffeuse. Les deux amantes échangèrent un tendre sourire. « Bientôt deux ans que je vis avec elle, songea Glaïeul. Je n'aurais jamais cru m'attacher ainsi. » Tout la comblait en Iris : sa beauté sans mièvrerie, la nonchalance de sa démarche, son corps gracile à la peau presque trop blanche, sa douceur, sa sensualité... Glaïeul aimait l'enfant qu'était sa maîtresse et la femme qu'elle savait être. Sans se l'avouer, son amour pour Iris lui permettait de satisfaire son instinct maternel tout en comblant ses désirs.

Elle vint s'asseoir sur le rebord du large siège recouvert de fourrure et passa un bras autour des épaules d'Iris. Elles restèrent un moment sans parler, savourant le contact de leurs corps. Puis Glaïeul rompit à regret leur chaste étreinte et revint à son idée :

– Pour cette fête, nous aurons besoin de quelques hommes de la Pinède, annonça-t-elle. Ils sont abordables et relativement intéressants, bien qu'un peu frustres.

– Tu veux me faire plaisir ? demanda Iris.

– Bien sûr ! répondit sa compagne en se penchant vers elle.

Leurs lèvres se touchèrent et la main élégante de Glaïeul effleura la poitrine de son amie. Celle-ci répondit au baiser mais arrêta la caresse. Leurs bouches se séparèrent et Glaïeul, la main en suspens, interrogea Iris du regard, qui s'expliqua :

– Pardonne-moi, je me suis mal exprimée. Par plaisir, je voulais te demander une faveur.

– Je ne sais rien te refuser, tu le sais, rétorqua Glaïeul, un peu frustrée.

Elle se laissa glisser sur l'épais tapis d'Ispahan qui recouvrait le sol.

– Je t'écoute.

– Voilà... Avant que je ne m'unisse à toi, j'ai connu un homme dans une soirée, et il était vraiment très intéressant. À cette époque, je vivais seule, et je me suis mise à l'aimer presque autant que l'on peut aimer une femme.

– Attention ! la coupa Glaïeul d'un ton sévère mais où perçait un brin d'ironie. Tu dis n'importe quoi et si tu continues, je vais signaler tes propos obscènes à la Milice, voire au Comité sanitaire.

– Non, je t'assure ! Il joue de l'orgue à fontaine comme une déesse, il est vraiment bien pour un homme.

– Et si je comprends bien, tu voudrais que je le fasse venir pour animer ma soirée ?

– Oh, oui ! S'il te plaît, fais-le pour moi. Et...

– Et ?

– J'aimerais aussi, si tu le pouvais...

– Que veux-tu encore ?

– Eh bien, j'aimerais... J'aimerais que tu le fasses carrément transférer de la Vallée à la Pinède, ainsi je pourrai en disposer plus facilement.

– Un transfert ? ! Ce n'est pas aussi facile que tu sembles le croire. Pour cela, j'ai besoin d'une autorisation de l'Équipe Municipale, voire de l'Autorité suprême de la cité tolosane. Tu imagines ce que cela va me coûter ?

– Tu es tout de même troisième Conseillère, tu dois pouvoir arranger cela, tu as même le pouvoir par délégation des décisions urgentes, tu...

– Écoute, ne me harcèle pas avec cet homme ! Tu lui accordes beaucoup trop d'importance !

– Bon, fit Iris, boudeuse, n'en parlons plus.

Glaïeul l'attira dans ses bras et lui appuya la tête contre sa poitrine.

– Allons, ne sois pas capricieuse. Je te promets que je vais étudier la possibilité de ce transfert. Mais laisse-moi faire, je vais essayer de trouver une idée.

– Moi, j'en ai une, s'exclama la jeune femme qui reprit aussitôt espoir.

– Tiens donc : je t'écoute.

Glaïeul sourit intérieurement : par certains côtés, Iris était encore une enfant. Elle regarda sa maîtresse avec tendresse, en se disant que cette fois-ci elle avait réussi à éviter l'une de leurs disputes qui, immanquablement, se concluaient par une réconciliation amoureuse. Iris avait un tempérament de feu, alternance de soleil et de pluie, qui lui venait probablement de son signe zodiacal, et constituait tout son charme. Mais là,

24

Glaïeul ne voulut pas s'opposer car elle savait que, de toute façon, elle céderait à cette nouvelle envie. Et elle avait, aussi, envie de passer une soirée paisible.

– Je t'écoute, répéta-t-elle.

Iris regarda son amie d'un air surpris, comme si elle lui en voulait de ne pas respecter les rites de leur relation. Mais l'envie de revoir facilement l'organiste sur lequel elle avait jeté son dévolu fut la plus forte et elle proposa d'un ton faussement léger :

– Voilà, je pensais qu'il suffirait d'inviter la Proconsul à ta fête. Si d'aventure mon homme lui plaisait, il serait alors très facile de le transférer à la Pinède. Et comme je sais qu'elle a la réputation de se lasser très vite des hommes qu'elle consomme, je n'aurais qu'à patienter un cycle, peut-être deux, et il sera à moi, exclusivement à moi. À nous, si tu le veux, conclut-elle, complice.
– Et toi, tu crois que je peux inviter facilement la Proconsul ? Te rends-tu compte des conséquences ? Nous ne pourrons pas nous contenter d'une petite fête de troisième ou quatrième catégorie. Il va falloir mettre les petits

plats dans les grands, comme disait ma grand-mère, et cela va nous coûter un maximum d'unités. Je ne sais pas si cela est bien raisonnable, surtout pour obtenir une chose aussi futile que le transfert d'un homme.

Iris réprima un sourire car elle savait que son amante avait déjà accepté, puisque chiffré son idée.

– Je me priverai, promit-elle.

Glaïeul se tut. Elle ne pouvait rien refuser à sa volcanique et jeune maîtresse. Et puis, inviter la Proconsul à une soirée bien organisée pouvait lui être bénéfique sur le plan politique. Les prochaines élections étaient prévues dans huit cycles et elle pouvait espérer monter d'une place dans la prochaine équipe municipale. Elle reprit la parole :
– Eh bien, soit, organisons une fête pour la Proconsul. Occupe-toi des autres invitées. Pas plus d'une trentaine. Et n'oublie pas de louer des hommes.
– Combien ?
– Une dizaine, cela suffira. La plupart de nos amies en ont à domicile.
– Je dispose de quel budget ?

Glaïeul fit un rapide calcul mental.

– Mille deux cents rosaces. À toi de faire au mieux.

Joyeuse, la jeune femme battit des mains, embrassa sa compagne avec fougue en la remerciant, puis, sans perdre de temps, sortit de la pièce pour lancer les premières invitations sur le réseau informatique. Glaïeul contempla avec une satisfaction trouble son plaisir presque puéril, puis replongea dans ses pensées. Avant de rentrer dans sa villa, elle était justement allée voir la Proconsul pour lui rendre compte de la visite qu'elle avait effectuée, avec deux membres d'un Comité de Quartier, chez un Homme Admis, un prénommé Théophile. Elle n'aimait pas les hommes, qu'ils fussent Admis, Normalisés ou a fortiori Rebelles, et la démarche qu'elle avait dû effectuer auprès de celui-ci ne lui avait pas été agréable. Cependant, les consignes étaient extrêmement précises : il fallait établir le contact avec les Rebelles régionaux et essayer d'obtenir une trêve qui pourrait servir d'exemple dans d'autres régions du monde. Pour ce faire, elle avait absolument besoin de Théophile. C'était un homme, ce n'était qu'un homme, et pourtant, dans le plan que les Autorités avaient établi, il devenait une pièce maîtresse de la partie qui allait se jouer. C'était désolant et paradoxal, mais c'était ainsi : la société des femmes, pour réussir ce qui constituerait peut-être l'un des tournants de son existence, allait devoir s'appuyer sur un individu masculin.

Cette perspective effrayante la fit frissonner, mais elle savait aussi que si elle réussissait, ce n'était pas sa carrière municipale qui allait en bénéficier, mais sa nouvelle carrière dans les hautes sphères du pouvoir international. Ce rebond potentiel lui plaisait, l'enivrait même, car l'amour de la belle Iris ne suffisait pas à son bonheur. Elle voulait la puissance et la gloire. Elle ne voyait qu'elles, comme une luciole aveuglée et affolée par une lumière vive. Elle cessa brusquement de rêver, puis attrapa son cartable dont elle sortit une chemise cartonnée : le dossier de l'opération Théophile. Elle se mit à le compulser, à la fois fébrile et sereine, mettant en place dans sa tête les diverses phases de la mission qu'elle allait donner à cet homme qu'on lui avait confié ; cet homme qui serait, si tout allait bien, l'instrument de son destin.

LA SOIRÉE DE GLAÏEUL

Les paupières à demi baissées, Glaïeul observait le musicien d'Iris. « Il joue de l'orgue à fontaine comme une déesse », avait affirmé la jeune femme. Elle avait exagéré, bien sûr, mais il était indéniable que cet homme était doué. Sa maîtresse lui avait aussi appris qu'il composait lui-même certaines des pièces musicales qu'il jouait. Là, Glaïeul avait du mal à le croire, car un tel prodige était scientifiquement impossible. Cependant, la présence de cet homme était agréable et rendait la soirée absolument charmante, l'une de celles dont on se souviendrait dans la cité tolosane.

« Une femme qui jouerait aussi bien que cet homme, concéda Glaïeul par la pensée, obtiendrait sans difficulté une place dans l'Harmonie municipale. » Mais elle chassa vite cette comparaison de son esprit car, après tout, ce n'était qu'un homme qui se penchait sur le clavier noir et blanc de l'orgue à fontaine, placé en évidence au centre du salon. Après avoir jeté un coup d'œil circulaire sur ses invitées qui semblaient beaucoup s'amuser – y compris Athéna, la Proconsul –, Glaïeul se concentra sur la musique : chaque accord produisait un changement soit dans la couleur, soit dans la direction, soit dans le rythme des jets d'eau qui jaillissaient de la fontaine lumineuse. Toute la difficulté de l'orgue à fontaine consistait à composer des pièces musicales aussi agréables à la vue que gracieuses à l'oreille. Il existait ainsi tout un répertoire qui avait été entièrement écrit par des femmes, à l'aide d'ordinateurs sophistiques. Mais l'écriture était une chose, jouer ensuite ces morceaux de musique en était une autre. Rares étaient les musiciennes, à plus forte raison les musiciens, capables de se servir d'un orgue à fontaine.

« S'il est aussi bon pour le plaisir que pour la musique, je comprends l'émoi d'Iris », songea Glaïeul avec une pointe de jalousie.

Trop avide de pouvoir pour être véritablement jalouse en amour (et surtout d'un homme !), la Conseillère ne pouvait s'empêcher cependant de se méfier de l'attirance frénétique de sa compagne pour cet artiste masculin, et l'idée de le faire transférer à la Pinède ne l'enchantait guère. La plupart des hôtesses de la fête étaient venues, justement, accompagnées d'hommes loués dans cette réserve masculine. Seule Dahlia, comme d'habitude, avait voulu se distinguer en louant des modèles luxueux dans une réserve libanaise, étalant ainsi sa fortune, ce qui une fois de plus agaça Glaïeul. La Conseillère appartenait à un courant politique favorable à l'égalité entre toutes les femmes, et toutes les différences de statut social étalées de façon outrancière la choquaient beaucoup.

Glaïeul n'était pas vraiment jalouse mais elle ne fut pas heureuse lorsqu'elle vit, tout à coup, Iris s'approcher de l'organiste, le prendre par la main après avoir déclenché l'orgue à fontaine en automatique, puis entraîner l'homme dans un coin d'ombre où s'amoncelaient de multiples tapis et entamer avec lui un rapprochement corporel dont on pouvait deviner une certaine intensité. Tandis que l'orgue jouait en sourdine et que circulaient les alcools de fruits, la maîtresse de maison se dirigea vers une table et se servit une coupe de champagne, davantage pour dissimuler son dépit que pour assouvir sa soif. En se retournant, elle eut la surprise de se trouver nez à nez avec la Proconsul. En souriant, celle-ci se pencha vers elle et lui dit à voix basse :

– J'ai observé le manège de ta compagne. Elle semble beaucoup apprécier ce musicien... Tu devrais être vigilante, ces jeunes femmes n'ont pas encore tout compris.

– Ne t'inquiète pas, Athéna. Pour elle, c'est juste une passade. Elle est tout à fait équilibrée du point de vue psychologique et sanitaire.

– Il est vrai qu'elle a du goût, ton amie. Je consommerais bien volontiers cet homme.

– Je t'organiserai cela, promit Glaïeul.

– Je te remercie. Et si tu veux, après, je m'occuperai discrètement de le faire disparaître.

La Conseillère ne répondit rien à l'offre de la Proconsul, mais elle la regarda droit dans les yeux, reconnaissante de cette complicité de femmes de pouvoir, et fière de cette solidarité sans failles qui permettait la pérennité de la société féminine. Puis Athéna reprit la parole en changeant de sujet :

– Alors, où en est l'opération décidée par le Comité Central ?

– Rien de neuf depuis ce que je t'ai dit tout à l'heure. J'ai simplement étudié le dossier de ce Théophile.

– Ah oui, on m'a parlé de lui. Je ne suis pas entièrement satisfaite de ce choix. J'ai demandé une enquête aux services de renseignement et leur rapport n'était pas enthousiaste.

– C'est-à-dire ?

– Le rapport affirme que ce Théophile aurait des tendances phallocrates.

– Vraiment, tu crois ? J'ai pourtant interrogé la femme qui l'héberge, une Indienne des montagnes sacrées d'Asie. Elle m'a affirmé que tout allait bien et qu'elle était heureuse. Et puis, tu sais, ces services de renseignement sont souvent excessifs dans leurs jugements ; elles ont tendance à ne présenter que le mauvais côté des choses. Si on les écoutait, elles supprimeraient la catégorie des Hommes Admis. J'en ai même entendu qui voulaient envoyer tous les hommes, sans exception, dans les usines de cosmétiques.

– C'est vrai, tu n'as pas tout à fait tort... Ceci dit, nous devons quand même faire très attention, d'autant plus que l'enjeu est important. Sais-tu que dans le cadre des négociations avec les Rebelles, si elles peuvent aboutir, je suis autorisée à laisser les hommes rejouer au football ?

– Non ? !

– Et si ! Tu vois que cette fois-ci, le Comité Central est décidé à venir à bout de la rébellion. Alors, ton Théophile, tu vas le former et le diriger d'une main ferme ; il ne peut pas échouer dans ses tentatives de dialogue.

– Tu sais, c'est un homme : je ne puis garantir une fiabilité absolue.

– J'en suis consciente, mais il n'est pas envisageable d'utiliser une femme dans cette mission, tu le comprends autant que moi. Je te fais confiance.

La Proconsul mit fin à la conversation et se dirigea vers un groupe de femmes qui discutaient à l'autre bout de la pièce. Glaïeul termina sa coupe de champagne, rêveuse, en songeant au poids des propos d'Athéna : on lui faisait confiance, autant qu'elle avait confiance en elle-même. La seule difficulté pouvait venir de ce Théophile, cet homme qui surgissait dans sa vie. Ce n'était pas un organiste bellâtre et talentueux devant lequel se pâmerait Iris, c'était un Admis, espèce particulière, intégrée mais non soumise, contrairement à tous ces mâles normalisés dont elle avait l'habitude.

Pour se réconforter, Glaïeul se remémora tout ce qu'elle savait des hommes d'autrefois, de leur puissance, leur arrogance, de la souffrance qu'ils avaient infligée aux femmes au temps où ils dominaient la planète. Après la victoire du Grand Blutch, les femmes avaient essayé de construire un monde meilleur, mais elles avaient exclu les hommes du pouvoir car ils étaient décidément trop violents, leurs pulsions trop négatives. La société féminine n'était pas parfaite mais incontestablement plus harmonieuse, plus douce, plus humaine. Glaïeul ne regrettait pas de participer politiquement à un univers où le genre masculin était très secondaire, et les exactions lancinantes des Rebelles la confortaient presque quotidiennement dans ce sentiment de supériorité. Elle ne pouvait s'empêcher, néanmoins, d'être inquiète. Elle savait qu'il faudrait régler un jour ou l'autre ce problème de la révolte masculine, que le statu quo n'était pas possible ad vitam aeternam. Mais elle avait peur de nouveaux affrontements. Elle craignait plus que tout le retour des hommes au pouvoir, alors que les femmes, ces jeunes femmes surtout, comme Iris qu'elle aimait, avaient pris goût à la liberté.

Finalement, pensa-t-elle, sa « coopération » avec Théophile serait un bon test de la capacité des femmes et des hommes à œuvrer ensemble.

L'INTRUSION

Maîtresses ! Maîtresses !
Quelle destinée plus douce
Que celle de ravir vos esprits
Et vos corps...
Maîtresses ! Maîtresses !
Laissez-moi chanter vos louanges...

En passant devant l'homme qui déclamait ce « poème » laudatif, Glaïeul ne put s'empêcher de lui jeter un coup d'œil méprisant, alors que lui la regardait d'un air craintif et respectueux, comme il se devait, un regard où passait toute la conscience que les hommes avaient de leur infériorité. Pourtant, cet individu ne lui avait rien fait. Loué pour la circonstance, il était là pour égayer la soirée et n'aurait pas fait de mal à une mouche. Mais Glaïeul, décidément, ne supportait pas les hommes, leur vilenie, leur orgueil, leur soif de pouvoir qu'elle devinait toujours chez eux d'une façon latente. Quelque part, il était paradoxal que ce fut à elle qu'avait été confiée cette mission de rapprochement entre les femmes et les hommes. D'un autre côté, elle n'était pas suspecte de la moindre once de complaisance, elle saurait défendre si besoin était, les intérêts de la gent féminine.

La fête battait son plein, la plupart de ses invitées étaient étendues sur les fourrures dispersées dans les pièces, pour de joyeux et charnels ébats, avec ou sans hommes. Au gré des éclairages de l'orgue à fontaine où, après avoir été consommé par Iris, s'était réinstallé l'organiste, Glaïeul pouvait apercevoir ses amies qui s'amusaient. Dahlia s'en donnait à cœur joie, impudique avec ses deux mâles libanais. Quant à Iris, elle folâtrait maintenant avec une jeune femme de son âge, ce qui fit sourire sa maîtresse et lui donna presque envie de les rejoindre. Mais, en tant qu'hôtesse, elle préféra rester le corps et l'esprit disponibles. Elle se laissa prendre à contempler trois hommes qui dansaient langoureusement et exécutaient des acrobaties compliquées au centre du salon, puis se resservit une coupe de champagne en se félicitant de la réussite de sa soirée. Elles seraient toutes contentes et garderaient un bon souvenir. Athéna, la Proconsul, Iris, sa bien-aimée, et toutes ses connaissances, amies ou relations dont elle avait besoin dans le jeu politico-mondain de la cité tolosane. À cet instant précis, Glaïeul ressentit une impression de plénitude, ô combien agréable.

Comme par hasard, ce fut alors que la réalité (ou bien peut-être l'avenir) se rappela au bon souvenir de la Conseillère. Et cette intrusion de la réalité se manifesta sous la forme d'une violente explosion qui éclata comme un coup de tonnerre dans un ciel étoilé, et dont la première conséquence fut de désintégrer en milliers de morceaux de verre, l'immense baie vitrée par laquelle le jour éclairait la pièce où était en train de se dérouler la fête.

S'il fallait décrire par une image forte la panique indescriptible qui suivit l'explosion, l'on pourrait évoquer une voiture de touriste parisien surgissant sur la place centrale d'une bastide gasconne un jour de marché. Oui, s'il fallait décrire l'indescriptible, ce serait bien cet affolement général devant un événement imprévisible. Les hommes de la fête, apeurés, tentèrent maladroitement de se cacher dans les nombreux tapis de fourrure, dérisoire esquive, tandis que les femmes essayaient de s'enfuir dans les autres pièces de la maison, avant même d'avoir identifié les agresseurs.

Ces derniers, précisément, étaient des hommes ; du moins d'après ce qu'il fut possible d'en voir car, très rapidement, éclatèrent des coups de lance-laser qui firent exploser l'orgue à fontaine, principale source de lumière de la pièce à l'ambiance tamisée. L'organiste fut la première victime de cette attaque commando et, grièvement blessé, tomba à la renverse en se mettant à hurler. La panique continuait à croître, mais le choc de la surprise était déjà passé. Les femmes refluaient en désordre en lançant vers les hommes tout ce qui leur tombait sous la main : vases, bouteilles, verres et couverts. Les hommes commençaient à s'abriter, prêts à ajuster leurs tirs, mais ne semblaient pas décidés à renoncer à leur attaque.

Glaïeul avait réussi à conserver son calme. Son premier réflexe avait été de penser à Athéna – ce qui d'ailleurs, par la suite, lui fit douter de la profondeur de ses sentiments amoureux pour Iris. Elle avait poussé la Proconsul vers la porte de la pièce adjacente afin qu'elle fût l'une des premières à être à l'abri des tirs des lance-laser. La chance voulut qu'aucune de ses invitées ne soit blessée et qu'elles aient toutes réussi à se mettre à l'abri. Pendant qu'Iris et une autre femme fermaient la porte à l'aide d'un code numérique inviolable, ce qui leur donnait un peu de répit, Glaïeul sortit son téléphone portable et composa le numéro de la Police. Elle communiqua son immatriculation politique, ce qui lui permit d'accéder immédiatement aux services spécialisés, et obtint très rapidement l'opératrice de permanence qui répondit d'une voix calme :

– Vous avez demandé la force d'intervention rapide de la Police, que vous arrive-t-il ?

– Une violente agression à mon domicile, expliqua Glaïeul. Une dizaine d'hommes, apparemment, armés de lance-laser.

– Vous-mêmes, êtes-vous armées ? Avez-vous des blessées ?

– Il n'y a aucune blessée... Sinon, peut-être des hommes loués pour ma soirée, mais ce n'est pas important. Et je ne dispose d'aucune arme puisque je suis domiciliée en zone sécurisée.

– Avez-vous d'autres précisions sur vos agresseurs ?

– Non, sauf qu'ils sont violents et qu'ils ont l'air de vouloir nous occire.

– Message reçu, j'envoie immédiatement une équipe d'intervention. Tenez bon : il s'agit très probablement d'un clan corse de la zone sud-est. On nous avait signalé leur nervosité. Vous serez secourues dans quelques instants.

Glaïeul éteignit son téléphone, quelque peu soulagée. Ses amies avaient repris leurs esprits et semblaient hésiter entre le silence pour surprendre le bruit des hommes dont une simple porte les séparait, ce qui ne représentait pas une grande protection contre des lance-laser, et une fureur excitée contre le toupet de cette expédition terroriste. Mais le ronflement d'un lance-laser, qu'un des Rebelles commençait à utiliser comme un chalumeau pour détruire la porte, provoqua un mutisme angoissé parmi les femmes assiégées. Toutes se posaient la même question : les secours arriveraient-ils à temps ?

Glaïeul n'en revenait pas que des hommes osent s'aventurer à ce type d'expédition. Il n'y avait, décidément, plus de limites ! Elle croisa le regard d'Athéna qui semblait penser la même chose qu'elle. Si d'aventure, elles sortaient vivantes de cette attaque sauvage, elles n'auraient pas beaucoup à s'interroger sur la nécessité de « l'opération Théophile ».

Si la Police n'avait pas la réputation d'être aimable, car elle se heurtait quotidiennement au problème de ces Rebelles, elle était, par contre, efficace. Ce fut avec un immense soulagement que les femmes emprisonnées entendirent enfin, à défaut de voir, des cris, des échanges de coups, des explosions de grenades aveuglantes. Cela leur redonna espoir.

Leur sauvetage fut confirmé presque aussitôt par la voix forte d'une femme, officier de Police, qui leur annonça qu'il n'y avait plus aucun risque et qu'elles pouvaient sortir de leur abri improvisé. Glaïeul composa le code de la porte qui s'ouvrit malgré la tentative d'effraction au lance-laser, et elles revinrent dans le salon où régnait un spectacle désolant. Tout avait été renversé, brisé. Quant aux hommes normalisés loués pour la fête, il n'en restait aucun de vivant. Il allait falloir remplir des déclarations d'assurances à n'en plus finir !

Secouées par l'aventure - mais on le serait à moins –, les invitées ne s'attardèrent pas et, après avoir donné leur identité à la Police, s'éclipsèrent dans la nuit qui avait retrouvé son calme.

– Appelle-moi demain à la première heure, glissa Athéna à l'oreille de Glaïeul avant de s'éloigner dignement.

C'était vraiment une femme de caractère.

La maîtresse de maison dut donner encore quelques précisions aux Policières. Elle apprit que les Rebelles avaient eu le temps de s'enfuir mais qu'ils avaient certainement des blessés dans leurs rangs. Enfin, quand tout le monde fut enfin parti, la villa redevint paisible.

Assise sur le bord d'un fauteuil renversé, Iris pleurait doucement. Glaïeul s'approcha d'elle et lui caressa tendrement la joue. Mais l'intérieur de son cœur était glacé. Elle ne pardonnerait jamais cette odieuse intrusion, elle se vengerait de ces Rebelles barbares. Tant pis si le plan du Comité Central devait en souffrir, tant pis si le genre humain devait rester divisé en deux parties antagonistes : les femmes et les hommes.

MARCHÉ NOIR

– Où vas-tu, mon amour ? demanda Aphrodite avec son charmant accent exotique.

– Je vais au café de Jérémie, répondit Théophile.

– En rentrant, si tu as le temps, pense à prendre une batterie énergétique, nous risquons d'être justes.

Théophile promit de faire la course demandée puis sortit de son immeuble et se dirigea vers la rue Baour Lormian, une rue un peu louche de la cité tolosane où trônait l'un des rares cafés autorisés aux hommes de la ville. L'air était léger et lumineux, un soleil généreux rendait la promenade agréable et Théophile prit plaisir à marcher dans les rues, même si, régulièrement, certaines des femmes qu'il croisait lui jetaient des regards surpris ou hostiles. La présence d'un homme admis restait exceptionnelle dans la société urbaine féminine.

Parvenu au café, il s'attabla au comptoir et commanda une boisson anisée qu'il dégusta tranquillement pendant que Jérémie s'affairait à servir ses clients. L'ambiance était sympathique et bon enfant, les hommes – tous des Admis puisque les Normalisés restaient cloîtrés dans leurs réserves, soumis au bon vouloir des consommatrices – discutaient de tout et de rien. En raison de leur statut inférieur, les hommes avaient évidemment des sujets de conversation limités. Cela consistait essentiellement en des commentaires de la vie politique municipale, commentaires inutiles puisqu'ils n'avaient pas le droit de vote. Ce droit, pourtant essentiel dans une démocratie, n'était pas encore autorisé bien que régulièrement évoqué lors des séances du Comité Central. En effet, son application posait des problèmes insurmontables à cause des Normalisés, qui n'avaient plus suffisamment d'esprit critique après avoir été formatés pour effectuer des libres choix lors des élections. En conséquence, il paraissait juridiquement injuste de ne donner ce droit de vote qu'aux Admis, qui n'étaient de toute façon qu'une petite minorité incapable de peser numériquement sur le résultat. Certes, ce n'était peut-être qu'une argutie pour exclure de fait les hommes du pouvoir, mais il fallait compter avec l'opinion publique qui retenait surtout les violences des Rebelles, quitte à admettre ces entorses à l'habeas corpus de la gent masculine.

Les discussions, qui allaient bon train dans le café, se figèrent à deux reprises. La première fois lors d'un rapide et banal contrôle de Police, la seconde lorsque trois passantes rentrèrent par erreur dans cet établissement réservé aux hommes et rebroussèrent précipitamment chemin après avoir réalisé leur méprise.

L'heure du repas approchant, la plupart des clients quittèrent le bar. Jérémie put souffler un peu. Il se versa une anisette et en proposa une autre à Théophile. Puis, après avoir vérifié par la devanture qu'aucune personne suspecte ne se trouvait dans les alentours, il se pencha vers son alter ego et lui dit à voix basse :

– J'ai deux propositions intéressantes à te faire, vieux.

– Je t'écoute.

– Premièrement, une cassette d'un match de rugby France-Écosse. En bon état.

– Tu plaisantes ?

– Non, non ! Je l'ai récupérée ce matin au marché noir de la place Saint-Sernin. Pas chère. Mais comme je n'ai pas le temps de la regarder en ce moment, je te la loue. Trois rosaces. Alors ?

– Tu parles ! Bien sûr, je suis d'accord. Tu l'as ici ?

– Oui. Cela dit, attention : ne te fais pas attraper par la Milice, et n'oublie pas de me la rapporter lorsque tu l'auras visionnée, sinon je ne te proposerai plus jamais rien. Tu ne risques pas d'être dénoncé par la femme qui t'héberge ?

– Non, elle s'en moque.

– Tu as de la chance ! Tu te souviens d'Igor ?

– L'Admis qui habite rue de Rémusat ?

– C'est cela. Eh bien, l'autre soir, il est revenu chez sa femme en ayant dépassé la dose d'alcoolémie autorisée et elle n'a pas hésité à le faire transférer à la Pinède. Normalisé, le type ! Et aucun appel possible. L'Avocate des minorités masculines nous a conseillé qu'il valait mieux laisser tomber. Tu te rends compte ? ! Une incartade et hop, envoyé à la réserve ! On vit une drôle d'époque, elles abusent.

– Tu n'es pas le seul à le dire. Mais que veux-tu faire ?

– Je n'en sais rien. Elles justifient leur répression par l'attitude des Rebelles et, en attendant, nous souffrons tous.

– Tu veux changer la société ?

– Évidemment non ! Tout cela est normal, sauf qu'elles mettent trop la pression, ce n'est pas bon pour le petit commerce et nos libertés. Bon sang, elles devraient comprendre que nous sommes différents d'elles, qu'on n'a pas les mêmes besoins.

– Bof, tu sais, rétorqua Théophile après avoir réfléchi quelques secondes, femmes, hommes, tout cela n'est pas très important. Elles ont le pouvoir, un point c'est tout. Et si nous en sommes là, c'est que nous l'avons mérité... Tu as déjà oublié tes cours d'histoire et de sociologie ? La société masculine ne semblait pas vraiment attrayante, je ne suis pas certain que nous sommes moins heureux dans celle-ci.

Jérémie se resservit une anisette d'un air écœuré. À vrai dire, il ne semblait pas vraiment convaincu par les propos modérateurs de son ami. Il savait aussi qu'il n'avait guère le choix. L'alternative était simple : s'adapter ou basculer dans la marginalité des Rebelles. Et d'après ce que l'on savait par la rumeur, la condition de ces derniers n'était pas enviable. Les deux hommes burent en silence, puis Théophile réclama la cassette promise. Jérémie se dirigea vers l'arrière-salle et revint avec l'objet licencieux discrètement dissimulé à l'intérieur d'une poche en plastique recyclable qu'il donna à son client.

– Au fait, j'avais autre chose à te proposer... Tu as entendu parler des Nanas dévoreuses ?
– Oui, ce groupe de femmes grosses consommatrices ? Celles qui aiment bien s'envoyer des Admis parce qu'elles trouvent que les Normalisés sont fades ?

– C'est cela. Eh bien, si tu veux, j'ai une place de libre sur leur liste. Je te le propose parce que tu es vraiment un copain... Malgré tes propos défaitistes sur la condition masculine.

– Je ne suis pas défaitiste, je suis réaliste.

– N'en parlons plus. Alors, je t'inscris ?

Théophile rentra chez sa compagne, sans omettre de s'arrêter à une station-service pour acheter une batterie énergétique : Aphrodite avait beaucoup de qualités, mais c'était avant tout une femme et il était préférable d'éviter les impairs. Il valait mieux, lorsque l'on était un homme, être irréprochable.

LA FORMATION DE THÉOPHILE

Théophile éteignit l'écran.

Aphrodite était partie alors qu'il dormait encore et lui avait laissé un message sur la boîte vocale pour lui annoncer qu'elle ne rentrerait que le soir car elle consacrerait toute sa journée à un tournoi de golf. Il s'était donc installé devant l'écran télévisuel, avait visionné la cassette puis zappé pendant une heure, de programme en programme. Quel contraste entre cet antique match de rugby, où l'on voyait deux équipes masculines se disputer un ballon ovale, et la réalité de la société telle que la montrait la télévision : des femmes, des femmes, rien que des femmes. Certes, les hommes étaient évoqués dans le miroir câblé, mais leur rôle était secondaire, voire péjoratif quand on évoquait les Rebelles.

Pensif, Théophile se dirigea vers la cuisine pour se préparer une boisson lyophilisée. Il songeait à l'étrange proposition des trois femmes venues la veille. Il n'avait pas très bien compris en quoi consistait la mission qu'elles lui confiaient ; du moins, il n'avait certainement pas mesuré son envergure. Il était sûr d'une chose : c'est qu'il allait devoir entrer en contact avec des Rebelles. Quelque part, cette perspective ne lui déplaisait pas, malgré le bourrage de crâne qui en faisait des sauvages infréquentables. Car tous les hommes, y compris les Admis, avaient une vague nostalgie de ce qu'ils n'étaient plus, même si, comme Théophile, ils trouvaient objectivement des avantages à la société féminine.

Heureusement, sa réflexion fut de courte durée, interrompue par une demande d'accès à son domicile. Il s'agissait de deux représentantes du Comité de Quartier qui venaient le chercher dans le cadre de cette mission. Théophile enregistra rapidement un message sur la boîte vocale pour prévenir Aphrodite, puis suivit les émissaires. Ils montèrent à bord d'un véhicule électrique banalisé mais qui sentait à plein nez les forces de sécurité, et empruntèrent une rocade qui les amena jusqu'à Francazal, une zone militarisée aux environs de la cité tolosane. Là, toujours accompagné de ses deux égéries, il pénétra à l'intérieur d'un bâtiment isolé. Après avoir été fouillé par une gardienne bougonne, il apprit enfin qu'il venait d'accéder à un centre de formation et qu'il allait être préparé pour effectuer sa mission. L'ambiance n'était pas vraiment sympathique et Théophile se surprit presque à regretter d'avoir accepté l'offre de la Conseillère. Il avait l'impression d'être pris dans ce genre d'engrenage où il n'était pas possible de faire marche arrière. Cependant, la curiosité fut la plus forte. Il se réconforta en pensant à son prochain séjour sur l'Île de la Félicité et emboîta le pas à ses deux guides.

Il dut d'abord enfiler une sorte de robe noire, une longue blouse qui lui donna l'air d'un élève studieux. Puis on l'installa dans une grande salle de conférences et un film lui fut projeté. Il s'agissait d'un cours de rééducation politique et historique, dans lequel des femmes doctes lui rappelèrent à l'écran, si besoin était, les horreurs de la société masculine avant le Grand Blutch. L'ensemble était assez convaincant et, à vrai dire, Théophile était plutôt d'accord avec les théories présentées. Il n'y avait pas de quoi être fier du conflit qui déchira l'Europe au milieu du XXe siècle, lorsque des hommes, que l'on nommait nazis, entreprirent de massacrer des millions d'autres hommes, femmes et enfants parce qu'ils étaient juifs, tziganes, communistes, résistants, homosexuels. Il y eut d'autres conflits de la sorte en Afrique, en Europe, en Asie, suivis de guerres de religion où des hommes, encore une fois, lancèrent de gigantesques batailles parce qu'ils appartenaient à des clergés différents. Ces guerres religieuses durèrent plusieurs dizaines d'années et furent la première cause de la révolte des femmes, qui en étaient les principales cibles. Une vaste lutte à l'échelle mondiale finit par opposer les deux camps véritablement antagonistes, les femmes et les hommes, et ce furent les premières qui gagnèrent car les hommes, vraiment, avaient fait trop de mal à la planète et au genre humain.

Tous les hommes n'étaient pas mauvais et toutes les femmes n'étaient pas bonnes, concluait dans sa grande sagesse l'oratrice. Mais il était apparu évident que pour l'avenir de l'humanité, il valait mieux que les femmes gouvernent le monde. La démonstration était nette et précise. Que répondre à cela ? pensa Théophile. Il baissa la tête, honteux d'être un homme.

Le film terminé, on le conduisit dans une autre pièce. Il fut placé à une table où l'attendait une femme sévère qui l'interrogea longuement sur sa vie, ses pensées, ses goûts et ses désirs ; ses réponses furent assez simples parce qu'évidentes. On lui demanda également de faire part de ses éventuelles critiques sur la société. Là, il fit preuve d'une grande circonspection car il ne connaissait pas la véritable qualité de son interlocutrice et se méfiait. Il n'avait pas la moindre envie de rejoindre Igor dans la Pinède après une normalisation qui aurait sur son cerveau l'effet d'une lessive à particules. Devant son mutisme prudent, la femme qui parlait avec lui n'insista pas, sinon pour lui affirmer qu'il pouvait avoir confiance et qu'elle était très tolérante. Effectivement, elle semblait intelligente, mais Théophile avait bien vécu jusqu'à présent parce qu'il n'avait jamais oublié qu'il était un homme et que c'étaient les femmes qui possédaient le pouvoir.

Il fut ensuite conduit devant un médecin, une jolie blonde qui lui demanda de se mettre nu, ce qui lui donna une solide érection. Mais elle sembla n'y prêter aucune attention, sinon comme un signe de bonne santé, et l'ausculta sous toutes les coutures avant de remplir un certificat d'aptitude. Aptitude à quoi ? Il n'en savait toujours rien. Il se rhabilla, donna à tout hasard son numéro de téléphone portable au médecin qui le nota en silence et en souriant, puis fut dirigé devant une autre femme assise derrière un guichet, une créature revêche qui lui demanda d'un ton désagréable son adresse bancaire afin d'y effectuer un versement d'unités, du montant que lui avait promis la Conseillère lors de sa visite domiciliaire.

L'ensemble de ces formalités se déroulait dans une atmosphère étrange, due sans doute au silence qui régnait dans le bâtiment de formation, et à l'attitude distante mais non agressive de toutes ces femmes qui semblaient se préparer à l'enrôler dans cette curieuse aventure. À part la belle blonde du service médical, aucune ne lui avait souri, renforçant cette impression qu'il avait d'être un cobaye. Il attendait maintenant, seul, dans une grande salle aux murs blancs, devant une table où avait été posée à son intention une légère collation. Il n'avait ni faim ni soif, mais pour passer le temps il se restaura. Cependant, il n'eut pas longtemps à attendre. La porte s'ouvrit et il vit entrer Glaïeul, la Conseillère, qui semblait avoir la véritable clef de sa présence dans le bâtiment de formation. Elle l'invita à s'asseoir avec elle à une table ronde, le contempla pendant un moment en silence, puis lui demanda d'une voix neutre :
– Vous savez ce qu'est un compas ?

Théophile ne s'attendait pas à cette question technique. Il réfléchit, cherchant le piège, puis répondit :

– Oui, évidemment. C'est un instrument de mesure, pour tracer des cercles et relever des longueurs.

– C'est cela. Vous ignorez peut-être qu'il existe plusieurs sortes de compas : le compas à verge, le compas d'épaisseur, le compas de réduction, le compas quart de cercle, le compas de proportion, le compas maître à danser... Bref, c'est un instrument très utile.

– Certainement, approuva Théophile, toujours aussi prudent et bien décidé à ne pas contrarier son interlocutrice.

– Je vous parle du compas car ce sera, en quelque sorte, l'instrument dont vous aurez besoin pour réaliser ce que je vais vous demander. Il vous faudra beaucoup de mesure.

– Je serais très heureux que vous m'expliquiez ce que vous attendez de moi.

– Je vais y venir, soyez patient. Mais n'oubliez pas le compas ! Je n'attends pas de vous une attitude kamikaze, mais une réflexion et une action intelligentes. En êtes-vous capable ?

Elle voulait sûrement sous-entendre qu'il était un homme et qu'en conséquence, elle remettait légitimement en question ses capacités. Il ne releva pas ce doute exprimé d'une façon aussi abrupte, mais fit ce qu'il fallait pour se montrer crédible auprès de cette femme qui paraissait avoir beaucoup de pouvoir, ainsi qu'une idée très précise sur son proche avenir à lui. Qui ne dit mot consent, sembla estimer la Conseillère qui poursuivit son quasi-monologue :

– Eh bien donc, si je vous ai demandé de venir ici, c'est pour quelque chose qui est à la fois confidentiel, difficile et très important. Ce que vous allez apprendre maintenant, vous ne pourrez le dire à personne, vous m'entendez, personne ! Et vous devrez prendre seul la décision définitive d'accepter ou de refuser ma proposition. Est-ce que vous comprenez ?

Elle avait toujours, malgré elle, cette tendance à le prendre pour un chimpanzé débile. Sans doute fréquentait-elle trop les Normalisés.

Théophile, une fois de plus, ne releva pas l'attitude involontairement méprisante et se contenta d'acquiescer d'un signe de la tête. Elle reprit alors le fil de son discours :

– J'en prends acte. Ce n'est pas à vous que je vais apprendre les divisions de la société en plusieurs catégories et sous-catégories, phénomène regrettable, voire choquant, mais qui semble durablement inscrit dans notre modèle de civilisation. Eh bien, je suis en mesure de vous annoncer que les plus hautes autorités du pouvoir ont décidé d'essayer de faire évoluer cette situation.

Théophile redoubla d'attention car il sentait que la discussion partait dans une direction inédite et tout à fait intéressante, bien que glissante. Après un temps de silence, pour bien marquer l'importance de ses propos, Glaïeul recommença à parler. Sa voix avait une intonation plus rauque :
– J'ai évoqué le compas, cet instrument de mesure, car il va en falloir beaucoup pour ce que je vais vous demander. Il s'agira pour vous, d'entrer en contact avec les différents groupes de Rebelles et de leur proposer une sorte de réconciliation générale, de construire une nouvelle société où les hommes retrouveraient une place plus enviable que celle qu'ils ont actuellement, mais en respectant les droits des femmes.

Théophile mit quelques secondes à réaliser l'énormité de ce qu'il venait d'entendre. Stupéfait, il dévisagea la Conseillère. Il se demandait visiblement s'il ne s'agissait pas d'une provocation. Elle ressentit sa réticence et son incrédulité, qu'elle chercha à apaiser d'un geste de la main, en ajoutant :

– Je comprends votre étonnement. Mais ma proposition est sérieuse. Les femmes et les hommes sont différents, certes, mais ils appartiennent au genre humain. Il n'est pas souhaitable de prolonger indéfiniment cet état de guerre qui règne sur la planète. La cité tolosane a été choisie comme première zone expérimentale, je suis chargée de l'application et vous en êtes le moyen. Si vous l'acceptez.

– Qu'ai-je à gagner dans une telle opération ? se décida enfin à demander Théophile.

– Enfin !... Je vous ai promis plusieurs récompenses, des unités, un séjour à l'Île de la Félicité... Que voulez-vous de plus ? Je ne comprends pas votre vénalité devant une perspective historique aussi enthousiasmante... Vous êtes vraiment un homme, vous me feriez douter de notre projet.

– Avec tout le respect que je vous dois, je vous trouve un peu injuste, rétorqua l'Admis. Venant de votre part, le reproche de vénalité me paraît inadmissible, étant donné la manière dont vous avez, vous les femmes, monopolisé le pouvoir financier. D'autre part, je ne vois rien d'anormal à ce que les transactions et les services utilisent l'argent. Vous préférez le troc ? Je vous rappelle aussi que, comme vous le soulignez, je suis un homme et n'ai ni le droit ni l'envie de faire du tort à mes congénères masculins. C'est une règle suprême qui s'impose même à vous. À bon entendeur, salut.

Glaïeul ne put s'empêcher d'être gênée par la réaction élaborée de cet individu mâle. La théorie du plan qu'elle venait de présenter était une chose, sa mise en œuvre en serait une autre et il serait décidément difficile à beaucoup de femmes de réapprendre à considérer les hommes comme des individus dignes d'intérêt. Pourtant, c'était bien ce qu'elle venait de suggérer et c'était avec un homme qu'elle allait tenter cette expérience. Faux paradoxe pour un avenir encore incertain. La révolution des mentalités était en marche, mais à pas comptés. La Conseillère respira profondément puis se pencha vers Théophile et le regarda droit dans les yeux :
– Alors, dit-elle, c'est oui ou c'est non ?

Théophile ne la fit pas trop attendre et, à vrai dire, sa réponse n'était pas dictée par l'appât du gain.

– C'est oui.

– Alea jacta est, conclut Glaïeul qui tenait à avoir le dernier mot du point de vue culturel.

LA FEMME AUX YEUX D'ACIER INOXYDABLE

La première chose qui surprenait en entrant dans cette maison située dans une vieille rue du centre de la cité tolosane, c'était l'air de musique un peu planant, musique non agressive mais bizarre, un son intellectuel que l'on n'entendait pas souvent. Glaïeul s'attarda ensuite quelques instants sur le décor cossu et chaleureux, puis monta l'escalier pour rejoindre le bureau de la maîtresse des lieux. Même la Conseillère qu'elle était, femme de pouvoir et de décision, respectait celle qu'elle venait voir et que l'on surnommait dans les cercles autorisés « la Femme aux yeux d'acier inoxydable ». Celle-ci, un peu mystérieuse, à l'image de la musique qui accueillait ses visiteuses, avait la réputation d'être extrêmement intelligente ; une sorte de conscience philosophique. Elle consacrait son existence à l'étude des arts et des idées, sans participer directement à la vie publique. Dans toutes les villes du monde, il existait de telles femmes au statut particulier, non dogmatiques et sans autorité sur la société civile, mais qui étaient régulièrement consultées, pas comme des oracles – les femmes avaient depuis longtemps cessé de donner du crédit à ces billevesées –, mais comme des conseillères en éthique, capables de veiller d'une façon désintéressée aux grandes évolutions du monde. Et celle qui était en cours, pour le moins fondamentale, ne pouvait pas ne pas être évoquée avec la Femme aux yeux d'acier inoxydable de la cité tolosane.

Glaïeul s'installa dans un fauteuil à gravitation, en face de celle dont elle venait recueillir la sage opinion. Elles se sourirent, puis la Femme aux yeux d'acier inoxydable l'interrogea sur le motif de sa venue. La Conseillère expliqua à grands traits le projet du Comité Central et lui demanda son avis sur l'opportunité d'une telle modification des rapports sociaux. Plus profondément, elle voulait savoir sur quel socle philosophique il serait possible de bâtir ces nouvelles relations entre les femmes et les hommes, sans troubler gravement l'ordre public et perturber l'équilibre du monde. La Femme aux yeux d'acier inoxydable réfléchit un long moment. Son visage restait impassible car, malgré l'importance du bouleversement prévu, elle avait la capacité d'en étudier les conséquences sans perdre son sang-froid. Elle se prononça enfin :

– L'idée n'est pas nouvelle, elle est même inscrite dans l'ordre des choses. Seule la volonté politique manquait jusqu'à présent. C'est bien d'assister à ce projet que je pense réalisable. Mais ce sera difficile : beaucoup de femmes auront peur de perdre leurs privilèges et craindront surtout cette redéfinition des relations humaines. Quant aux hommes... Globalement, leur psychologie est plus primaire. Mais l'existence des diverses catégories compliquera l'application de ce plan ; il sera possible de reformater les Normalisés, du moins par étapes ; mais les Rebelles... Moralement, il nous est interdit de leur imposer notre volonté, même si nous estimons légitimement qu'elle leur est favorable. Ils ne peuvent pas continuer à vivre comme des bêtes, ils doivent participer à notre société... Saurons-nous leur faire une place ?

– Ce sera délicat, répondit Glaïeul. Mais l'intention existe, et les moyens suivront. Le tout est de trouver la base de ce rapprochement.

– Moi, j'en vois une, toute simple, affirma la Femme aux yeux d'acier inoxydable. C'est l'Égalité. L'égalité entre les femmes et les hommes. Ce n'est pas plus compliqué que cela. Le reste viendra tout seul. Le pouvoir politique est-il en mesure de mettre en place cette égalité ? Là, c'est toi qui as la réponse.

– L'égalité absolue, je ne sais pas, répondit la Conseillère. Cela me paraît impossible à faire admettre par l'opinion publique, du moins dans l'immédiat. Mais une forme de réintégration sociale des éléments masculins peut être sérieusement envisagée...

– À quoi bon, si cette action n'a pour but que d'augmenter le nombre des Admis ? ! Non. Le Grand Blutch a été la sanction d'un monde violent, conflictuel et malheureux, surtout inégalitaire. Le pouvoir des femmes a su proposer un autre modèle, mais il l'a réalisé en mettant les hommes de côté. La question maintenant, est la suivante : nos bases sont-elles suffisamment solides pour envisager le retour des hommes ? Société à la mixité non obligatoire, femmes et hommes ensemble, ou non, coexistence pacifique et surtout, une fois encore, égalité. Qu'en penses-tu, toi qui es une femme politique ?

– La théorie est impeccable, même si la perspective donne le vertige.

– C'est toi qui as ouvert cette brèche.

– Mais qu'allons-nous faire des hommes dans un monde égalitaire ? Ils resteront différents de nous.

– Et alors, quelle importance ? Tu veux vraiment ressembler à un homme ? Tu te sens en compétition avec eux ? Tu ne crois pas à une spécificité féminine ?

– Si, évidemment ! Tu oublies à qui tu parles.

– Alors, quel est le problème ? Oui, la société évoluera sous l'action conjuguée des femmes et des hommes. Nous, en tant que femmes, nous aurons simplement à veiller à ce que les hommes ne reproduisent pas les schémas totalitaires d'autrefois, qu'ils ne nous replacent pas dans une situation de soumission. À mon avis, ils n'en auront pas l'intention, ni surtout les moyens. La société féminine n'est pas essoufflée et je la crois au contraire plus forte que jamais, pour envisager ainsi ce retour des hommes.

La Femme aux yeux d'acier inoxydable se leva de son siège, signifiant ainsi la fin de l'entretien. En effet, que pouvait-on dire de plus ? C'était maintenant à Glaïeul d'agir et de concrétiser cette ultime utopie féminine : réinsérer l'Homme dans la civilisation.

FÉCONDATION

La mise en place du projet s'accélérait. Glaïeul ne pouvait s'empêcher de ressentir un certain tournis et sans faire de jeux de mots sur la Proconsul, elle avait l'impression quelque part d'avoir ouvert la Boîte de Pandore. Pourtant, elle n'avait pas de raison objective de craindre des conséquences funestes, le projet n'en était qu'à ses prémisses, elle gardait la maîtrise des événements et pouvait à tout instant stopper l'évolution. Malgré tout, elle fut soulagée de regagner sa villa, comme lorsque l'on rejoint un havre de paix après un voyage éprouvant. Iris l'attendait sagement, en train de visionner à la télévision une séance de poésie. La présentatrice de l'émission télévisée expliquait la concordance entre la sensibilité féminine et l'art poétique, et de jeunes étudiantes de l'Université de Lettres déclamaient des poèmes délicats.

En revoyant Iris, Glaïeul oublia presque complètement tous ses soucis liés au plan du Comité Central. Elle s'approcha d'elle, l'embrassa d'une bise légère et tendre, puis lui demanda s'il s'était passé quelque chose de particulier en son absence. Iris lui répondit par la négative avant de se rappeler qu'elle était convoquée le lendemain chez la fécondatrice. En effet, elle avait atteint l'âge légal et les deux amantes avaient décidé de fonder une famille en faisant féconder Iris. C'était une opération toujours difficile, même si les techniques médicales étaient au point. En premier lieu, il y avait toujours le risque d'accoucher d'un garçon qui, dès sa naissance, partirait pour la nursery d'une réserve comme la Pinède. Mais dans ce cas, la grossesse et ses inconvénients physiques étaient moins agréables à supporter puisque sa finalité était moins attrayante. Dans le cas de la naissance d'une petite fille, il en allait évidemment autrement. Mais l'arrivée d'une enfant dans un couple remettait évidemment en question l'équilibre de celui-ci, et les psychologues du service sanitaire et social insistaient lourdement sur les profondes modifications qu'entraînait l'éducation d'une petite fille dans la vie quotidienne, et les relations de deux femmes qui vivaient ensemble. Glaïeul et sa jeune maîtresse en avaient longuement parlé et elles se sentaient prêtes. Cela étant, Iris, pour des raisons évidentes, appréhendait l'événement. Cette future grossesse allait, de toute façon, constituer un changement définitif dans sa vie de femme.

Le soir tombait, annonçant la nuit apaisante. « Demain est un autre jour », songea Glaïeul.

ooo

– J'ai envie d'un enfant, affirma Aphrodite.

Théophile se tassa sur son siège : il ne manquait plus que cela ! Encore marqué par son passage dans le centre de formation, et l'esprit bouillonnant des révélations que lui avait faites la Conseillère, il ne s'attendait pas à ce que sa femme lui annonçât une telle intention. Cela faisait beaucoup dans la journée d'un honnête Admis. Il la regarda avec circonspection, caressant le secret espoir que cette affirmation péremptoire ne soit qu'une lubie passagère. Mais en voyant le regard décidé de sa compagne, il comprit qu'elle était vraiment déterminée à enfanter. En conséquence, il n'avait plus grand-chose à dire puisque les femmes étaient entièrement maîtresses de la conception des bébés. Il se limita à une seule question :
– Et comment souhaites-tu être fécondée ? Veux-tu unir ton ovocyte et mon spermatozoïde par un rapprochement corporel, ou préfères-tu une intervention médicale ?

– Peu m'en chaut, répliqua la jeune femme. Encore que... J'aime le hasard, et le rapprochement corporel respecte davantage celui-ci. Il suffira de bien surveiller l'évolution de ma grossesse.

– Je suis heureux de ta décision et je te remercie de me prendre comme géniteur. Mais que feras-tu si nous avons un petit garçon ? Je n'ai pas envie qu'il se retrouve dans une nursery.

– Moi non plus. Ce sera un Admis, comme toi. Je t'aime et je ne vois pas pourquoi je n'aimerais pas notre enfant, même si c'est un petit mâle.

– Moi aussi, je t'aime.

– Alors, tout va bien.

– Et quand envisages-tu la première tentative de conception ? demanda Théophile.

– Tout de suite ! répondit, espiègle, la jolie Indienne.

ooo

Glaïeul était partie avant son réveil, pour l'une de ses multiples et mystérieuses réunions politiques. D'une certaine manière, le pouvoir et l'activisme de sa maîtresse lui plaisaient, mais d'un autre côté cela la laissait indifférente. Iris avait encore l'insouciance de la jeunesse, elle vivait dans un monde confortable qui lui convenait et le reste n'avait pas beaucoup d'importance. En tout cas pas suffisamment pour la pousser à s'engager d'une façon militante. Elle se leva tranquillement et se dirigea vers la salle de l'école où l'attendait sa classe d'élèves. L'institutrice qu'elle était avait prévu, aujourd'hui, dans le cadre de l'enseignement des sciences naturelles, une excursion à la Pinède. La directrice avait mis à sa disposition un petit autobus qui les conduisit, ses élèves et elle, à proximité de la cité tolosane. Le temps était radieux et le soleil généreux donnait un air de fête à la visite scolaire.

Lorsque l'autobus s'arrêta devant la Pinède, Iris se tourna vers la vingtaine de petites filles sagement assises, pour leur dire :
– Mes enfants, nous arrivons à la réserve de mâles que nous allons découvrir ensemble. Je vous demanderai d'être très sages pour faire honneur à votre école, et de ne rien donner à manger aux hommes que vous allez voir.

Les élèves descendirent du bus sous la surveillance d'Iris et d'une accompagnatrice. La porte blindée de la réserve s'ouvrit, permettant au groupe de visiteuses d'entrer. Elles se rassemblèrent dans la cour.

– Tout d'abord, fit Iris, je vais vous parler de l'homme. Laquelle d'entre vous pourrait me dire ce qu'est un homme ?

Les fillettes, âgées de neuf ou dix ans, avaient déjà eu l'occasion de voir des hommes, soit lorsque leur mère en louait un pour des travaux domestiques ou des soirées, soit, plus rarement, en croisant des Admis dans les rues de la ville. Mais elles n'avaient qu'une idée très approximative de ce qu'ils pouvaient être réellement. Face à leur mutisme, Iris se décida à interroger directement une de ses élèves :

– Voyons... toi, Lilas, qu'en penses-tu ?

– Un homme, c'est... Je ne sais pas... C'est comme un animal domestique.

– On peut le dire, c'est vrai, mais ne trouves-tu pas qu'il y a quand même une petite différence ?

– Si, bien sûr, ils peuvent parler comme nous.

– Exactement, ils disposent du langage, et c'est là la différence avec les animaux. En fait, l'homme est l'élément mâle de notre espèce, tout comme le chat est le mâle de la chatte, le lion celui de la lionne ou le cheval celui de la jument.

– Pourtant, les hommes sont des créatures inférieures, affirma Lotus avec conviction.

– Oui et non, répondit Iris. Leur rôle social consiste à effectuer des travaux indignes de nous, ou encore à nous divertir par la musique ou la poésie, disciplines qui leur sont justement enseignées dans des réserves comme la Pinède. En ce sens, ils sont subordonnés aux femmes. Mais fondamentalement, en tant qu'êtres humains, il n'est pas possible d'affirmer que les hommes sont inférieurs aux femmes.

– Ils servent aussi pour le plaisir, glissa Strelitzia.

– Qu'en sais-tu ? lui demanda la maîtresse.

– Une fois, répondit la fillette, j'ai entendu une surveillante de l'école dire qu'elle avait envie de plaisir et qu'il lui fallait mettre quelques rosaces de côté pour louer un homme.

– C'est exact, les hommes peuvent aussi avoir cette fonction, contribuer au plaisir amoureux des femmes. Mais vous apprendrez cela plus tard, dans les classes supérieures de votre scolarité. Venez, nous allons entamer la visite.

LA PINÈDE

Iris introduisit sa carte numérique dans la fente de la décodeuse qui commandait l'accès à la zone protégée de la Pinède et, presque aussitôt, l'imposante porte d'acier coulissa. Derrière, les attendait Myosotis, une forte femme en uniforme qui était la matonne en chef du centre et qui allait guider leur visite. Le décor que virent apparaître les fillettes était tout à fait différent des cités qu'elles connaissaient : pas de larges avenues au pavement coloré, ni de façades de verre multicolore, ni même les vastes fontaines bruissantes et lumineuses, ou les imposants parterres aux savants motifs de fleurs que les brillantes architectes de l'École de la cité tolosane avaient su construire au fil des années. Non, là, le décor n'avait rien à voir avec toutes ces réalisations faisant des villes ces kaléidoscopes géants, aux reflets roses pour la cité tolosane, d'où son surnom, connu sur la terre entière, de Ville Rose, qui plaisait tant à leurs habitantes.

La Pinède, c'était autre chose. Des bâtisses circulaires en plasto-ciment, un matériau qui, comme l'expliqua Iris à ses élèves, était aussi pratique et solide que laid. Il n'était jamais employé en tant que tel dans la construction urbaine, en tout cas d'une façon aussi apparente qu'à la Pinède. Ce centre inesthétique se résumait à une grande bâtisse centrale, la direction, entourée d'une dizaine d'autres plus petites, mais construites sur le même modèle circulaire, avec leurs toitures grises en terrasse et leurs éoliennes rudimentaires pour la production de l'énergie et la ventilation estivale.

Conduit par Iris et Myosotis, le groupe scolaire s'engagea sur le chemin de terre qui descendait jusqu'à la réserve proprement dite. La jeune institutrice profita de cette marche pour renouveler ses recommandations aux fillettes : les Normalisés, qui avaient tous été formatés, ne représentaient aucun danger, ils ne pouvaient ressentir la moindre agressivité envers une femme. Mais à tout hasard, il valait mieux être prudente, un homme restait toujours un homme.

– Combien d'hommes gardez-vous à la Pinède ? demanda Iris.
– Environ quatre-vingt, répondit Myosotis. C'est suffisant pour les besoins quotidiens de la cité tolosane. Nous disposons également en

permanence d'une douzaine de cellules vides pour d'éventuels transferts.

La petite troupe pénétra dans la bâtisse centrale et Myosotis ouvrit une porte, découvrant une salle de gymnastique. Une vingtaine d'individus masculins s'entraînait à différents jeux et exercices physiques, certains jonglaient avec des objets les plus divers tandis que d'autres réalisaient des acrobaties compliquées. Ils étaient surveillés par des femmes qui, lorsque le besoin s'en faisait sentir, n'hésitaient pas à se servir de la badine de micocoulier attachée à leur poignet.

– Pourquoi font-ils cela ? demanda une petite fille.
– Afin de parvenir à la meilleure agilité possible, répondit Myosotis. Ainsi le spectacle est-il agréable lorsqu'ils sont loués pour des fêtes. Je suis particulièrement contente de cette sélection, ils sont très habiles et ils feront honneur à notre réserve lors du prochain carnaval de la cité tolosane. Si vous n'avez plus de questions, nous allons maintenant visiter une cellule.

Les cellules en question étaient austères. Elles rappelèrent à Iris ces chambres des monastères de la religion chrétienne, une vieille confession aujourd'hui disparue, comme d'autres d'ailleurs. La seule religion qui avait subsisté au Grand Blutch, dont l'une des raisons principales avait été les querelles cultuelles, était le judaïsme. Celui-ci avait l'extrême avantage, selon les textes anciens, de transmettre sa pérennité par les femmes, ce qui avait plu au Comité Central.

Sommairement meublées, les cellules étaient cependant relativement confortables, ce qui était normal. Car malgré leur statut inférieur, les hommes restaient des êtres humains, même les Normalisés. Ceux-ci n'étaient finalement que des sortes d'esclaves domestiques, un peu comme l'avaient été les femmes dans les temps immémoriaux. Mais ces dernières, peut-être parce qu'elles donnaient la vie en enfantant des bébés, tenaient à ce que subsiste un minimum d'humanisme dans leur gestion des ressources masculines.

Les visiteuses virent ensuite des salles d'étude, où l'on apprenait aux hommes les différentes langues utilisées sur la terre, ainsi que différentes disciplines comme la danse, la musique, le chant, l'art floral, la couture, le ménage, le repassage, l'art culinaire... Myosotis expliqua que la Pinède était consacrée à l'éducation des hommes destinés à assurer le divertissement des femmes. Il existait d'autres réserves pour les hommes qui seraient employés à des tâches plus physiques. Le critère de sélection étant la force et les capacités intrinsèques des individus mâles.

– Et les enfants hommes ? demanda Strelitzia.
– On les appelle les petits garçons, répondit Myosotis. Ils sont élevés dans des réserves spécifiques, les nurseries. Lorsqu'ils atteignent un certain âge, ils sont triés à l'issue de tests scientifiques et techniques, et envoyés dans telle ou telle réserve en fonction de leurs capacités et de leurs goûts.

Certes, pensa Iris, elle n'aimerait pas vivre dans un tel univers. Elle craignait pourtant une réalité pire, un ensemble concentrationnaire et inhumain comme ces camps nazis pendant la deuxième guerre mondiale, au milieu du XXe siècle. En fait, ces réserves étaient plutôt des centres d'entraînement sportif et intellectuel, qui préparaient bien les hommes à leurs activités au service des femmes. La discipline y était ferme mais acceptable et ils n'étaient ni maltraités ni malheureux. En tout cas, moins que s'ils vivaient en marge comme ces horribles Rebelles.

L'institutrice était très satisfaite de cette visite éducative et elle remercia chaleureusement Myosotis de son accueil sympathique et instructif.

Alors que les fillettes prenaient un peu de détente en s'amusant dans la cour sur des balançoires et des toboggans habituellement réservés à la récréation des hommes, Iris interrogea Myosotis discrètement sur la sélection des mâles utilisés pour le plaisir. La matonne sourit puis lui montra un bâtiment où des volontaires venaient essayer les Normalisés avant de les noter.

— Mais tu sais, ajouta-t-elle, ce n'est pas très amusant ni excitant.
— Oui, je vois, répondit Iris, c'est un peu mécanique. Je te posais la question car je m'étais attachée à un superbe organiste que je comptais faire transférer à la Pinède. Malheureusement, il a été tué lors d'une attaque terroriste de Rebelles.
— Je sais, j'ai entendu parler de cet attentat. C'est inadmissible, ils se croient tout permis. Il faudra bien un jour ou l'autre en venir à bout. Écoute, je te promets que si je repère un Normalisé de

qualité, je te le mets de côté.

– Tu es formidable ! s'exclama Iris.

Réconfortée par cette promesse, Iris avait le cœur joyeux. Elle claqua dans ses mains afin de rassembler ses élèves pour le départ. Et tout le temps que dura le voyage pour rejoindre la cité tolosane, elle ne cessa de rêver en même temps à sa future maternité, épaulée par Glaïeul, et à la consommation du prochain Normalisé que ne manquerait pas de lui envoyer Myosotis. La vie était belle et l'avenir radieux.

LA CELLULE

Théophile terminait de télécharger sur l'ordinateur le dernier programme artistique d'une compositrice québécoise lorsqu'il entendit Aphrodite entrer dans l'appartement. Sa compagne semblait fort contrariée et il s'enquit de l'objet de son courroux apparent.

– Je suis furieuse, répondit la jeune indienne, car je sors de ma réunion de cellule et nous nous sommes disputées.

– Tiens donc ! Et pour quelle raison ?

– Figure-toi que j'ai annoncé mon projet de fécondation par rapprochement corporel avec toi et que cela a déclenché l'ire de certaines. Elles ne comprenaient pas que je n'emploie pas la procédure médicale. Le genre de femmes pour qui l'homme est a priori inutile et monstrueux.

– Veux-tu que je t'accompagne à la prochaine réunion, pour justifier ton choix ?

– Surtout pas, ce serait encore pire et de toute façon je ne pense pas qu'elles te laisseraient entrer. Je les imagine déjà : « Présence phallique intolérable ». Motif rédhibitoire. Ta venue tournerait au drame.

– À ce point ?

– Oui. C'est triste, mais c'est ainsi. Il y a une montée de l'intolérance envers les hommes, à cause de toutes ces attaques des Rebelles. Vraiment, je n'aime pas l'ambiance qui règne actuellement. Parfois je trouve les femmes aussi bêtes que les hommes.

– N'exagère pas, et fais attention à qui tu tiens ce genre de propos, ce n'est pas politiquement correct.

– Je n'affirme rien de subversif, je constate, un point c'est tout. Cette société marche sur la tête. Ce n'est pas pour autant que je trouve du charme à la gent masculine, à la notable exception de l'Admis de mon cœur. Cela étant, rien ne m'interdira de penser que nous sommes dans l'erreur et que le discours extrémiste de certaines agitées du bocal nous conduit à la catastrophe. Toi, évidemment, tu t'en moques, tu n'as aucune conscience politique, tu te contentes de subir un système qui n'est pas dirigé par des gens comme toi. Moi, en tant que femme, je dois assumer mes responsabilités de citoyenne.

– Là, tu parles peut-être un peu vite.

– C'est-à-dire ?

— Tu te souviens de la visite surprise de ces trois élues, l'autre jour ?

— Bien sûr. Je me suis dit que tu avais dû te faire attraper dans un trafic de cassettes vidéo avec ton copain Jérémie, ou quelque peccadille du même acabit.

— Comment sais-tu que Jérémie me loue des cassettes ?

— L'intuition féminine, dirons-nous... Tu sais, les femmes savent tout ce qui se passe dans leur ville.

Théophile n'en revenait pas d'une telle hypocrisie. Ainsi, Aphrodite savait tout de ses échanges au marché noir avec son copain cafetier ! Le plus grave, sans doute, était qu'elle n'en avait rien laissé paraître, comme s'il était un garnement avec lequel il fallait faire preuve d'indulgence... C'était aussi cela, la sujétion au quotidien des hommes aux femmes. Autant il trouvait normal qu'Aphrodite contrôle étroitement les fluctuations de son compte à la banque, autant il ne pouvait admettre que le moindre de ses actes fut connu de sa compagne. La liberté des hommes était un leurre, ils n'avaient aucune indépendance, le Code Civil lui-même établissait la suprématie féminine et en cela il ne faisait que refléter une incontestable et indestructible réalité.

L'étonnement passé, Théophile revint au sujet qu'il avait commencé à aborder, à savoir la cause de la venue des trois femmes, en particulier la Conseillère. Il raconta à Aphrodite son passage dans le centre de formation et l'étrange mission qu'on lui avait proposée en échange de quelques avantages.

– Tu aurais pu m'en parler d'abord, fit la jeune femme mécontente. C'est tout de même moi qui te loge, et ces dames de la Politique municipale pourraient m'aviser en premier lieu des projets qui te concernent.

– Effectivement. Mais l'affaire paraît si spéciale qu'elles tenaient à ce que je sois le premier interlocuteur. Toi, tu aurais sans doute refusé de me prêter à une telle opération.

– Pas nécessairement. L'idée est intéressante, peut-être utopique et prématurée, mais oui, je trouve que ce projet mérité l'attention. À qui en as-tu parlé ?

– À personne, sauf à toi évidemment. C'est totalement secret, une des conditions sans doute d'une réussite éventuelle.

Aphrodite regarda d'un air rêveur son mâle préféré qui avait le redoutable honneur d'avoir été choisi par les instances suprêmes du pouvoir. Du coup, il prenait un certain relief à ses yeux, alors qu'il n'était jusqu'à présent qu'un agréable concubin et un bon amant. Elle s'approcha de lui, l'embrassa avec tendresse puis l'entraîna dans leur chambre en lui rappelant leur propre projet de fécondation par rapprochement corporel. Mais comme pour le trafic de cassettes, il sembla à Théophile qu'Aphrodite faisait là preuve d'une certaine duplicité et que sa proposition sexuelle était surtout commandée par le désir.

CAPITOLE

La place du Capitole, centre emblématique de la cité tolosane, semblait ne pas avoir changé au cours des siècles, du moins depuis sa réfection dans les dernières années du vingtième siècle, d'après ce que l'on pouvait constater sur les vieilles cartes postales qu'il était possible de dénicher chez les bouquinistes du quartier de la faculté de Droit.

Glaïeul aimait se promener au cœur de la ville, qui bruissait d'une foule joyeuse venant faire ses emplettes chez les commerçantes ou s'attabler aux terrasses des cafés sous les arcades. Mais ce jour-là, la Conseillère s'était rendue au Capitole dans un but bien précis. Elle traversa la place en diagonale et porta ses pas vers l'Hôtel de ville que jouxtait l'Opéra de la ville. En passant, elle remarqua que la salle de spectacle avait programmé une rétrospective de Barbara Hendricks et se promit d'y assister. Elle entra, passant par l'immense porche, s'avança vers une huissière pour annoncer qu'elle avait rendez-vous avec la Proconsul, et fut conduite à l'antichambre d'Athéna. Sans la faire attendre, celle-ci l'invita à pénétrer presque immédiatement dans son bureau.

Les deux femmes avaient décidé de faire un dernier point sur l'opération décidée par le Comité Central. Glaïeul rendit compte de sa visite auprès de la Femme aux yeux d'acier inoxydable, prit connaissance de l'enquête effectuée sur Théophile par les services de renseignement, puis attendit la décision définitive de la Proconsul. Cette dernière réfléchit quelques instants en silence avant de prendre la parole :

– Eh bien, ma chère, je crois que nous avons fait le tour du problème. Si tu le permets, j'aimerais encore prendre l'avis de Rose. Tu la connais ?

– Rose ? L'ancienne Conseillère ? Oui, je la connais. Mais je sais aussi quelle sera son opinion sur notre projet : elle est misanthrope au possible.

– Justement, nous devons l'écouter.

Après cette affirmation péremptoire, Athéna appuya sur un bouton pour appeler une huissière et demanda que l'on fît venir Rose. L'ancienne Conseillère ne tarda pas à rejoindre les deux autres femmes dans le bureau et s'assit à côté de Glaïeul. La Proconsul lui expliqua le projet en cours et sollicita ses conseils. Au fur et à mesure qu'elle parlait et avançait dans la description du plan du Comité Central, Rose se tassait sur son siège et devenait de plus en plus blême.

– Elle n'a même pas besoin de parler, je connais déjà sa réponse, pensa Glaïeul.

Cependant, Rose se mit à discourir à son tour. Véhémente, elle s'éleva contre cette idée « débile et dangereuse » de réhabiliter les hommes, de « réintroduire les loups dans la bergerie ». Elle paraissait sincèrement bouleversée et outrée. Elle se leva de son siège et haussa le ton :

– Enfin, Athéna, réalises-tu la folie de cette entreprise ? Veux-tu détruire notre société ? Nous avons mis des siècles à nous libérer des hommes et tu voudrais revenir en arrière ? Tu sais comment ils sont. Je pense, au contraire, que nous devons accentuer notre domination, supprimer par exemple cette catégorie scandaleuse des Admis, qui nous narguent au quotidien en déambulant tranquillement dans nos rues. Enlevons-leur tout pouvoir financier, ne les autorisons plus à loger dans la cité tolosane, chassons-les de partout où ils subsistent et achevons de construire la société féminine !

Rose se tut, épuisée mais comme animée d'une flamme intérieure. Il n'y avait aucun doute sur ses convictions. Avec des femmes comme elle, l'avenir des hommes était réglé comme du papier à musique... Il est vrai que ces propos excessifs étaient, d'une certaine manière, compréhensibles. Les femmes avaient beaucoup souffert des hommes dans le passé, et certaines d'entre elles en gardaient des traumatismes indélébiles ; d'autres, aussi, trouvaient des avantages médiocres mais indéniables à la prédominance féminine et, pour cette raison moins noble, étaient rétives face à tout changement qui pouvait remettre en question leurs privilèges. Bref, la situation n'était pas simple. Mais Athéna, en tant que femme politique responsable, et à cause de la proximité des élections, était bien obligée de tenir compte de toutes les sensibilités. Elle remercia Rose, signifiant la fin de l'entretien et se tourna vers Glaïeul :

– Alors, qu'en penses-tu ?

– Oh, je connaissais à l'avance sa réaction. Je suis tout de même choquée par son intolérance, ce n'est pas un signe d'intelligence.

– Il faut la comprendre, je connais son histoire familiale. Ses ascendantes ont beaucoup souffert de la violence masculine et elle n'a pas oublié. Et puis, elle n'aime pas les hommes, sexuellement s'entend.

– Moi non plus, je n'aime pas les hommes. Cela étant, les goûts personnels ne doivent pas primer sur l'intérêt général.

– En somme, tu es maintenant tout à fait convaincue de l'utilité de ce plan ? Je suis un peu étonnée.

– Ne t'inquiète pas : femme je suis, femme je resterai. Mais je crois que l'attaque terroriste de l'autre jour m'a fait réfléchir, et je pense que le statu quo n'est pas viable.

Agacée, Athéna rétorqua d'un ton sec :

– Nous n'avons pas à évoluer sous la pression du terrorisme.

– Je suis tout à fait d'accord avec toi, ce chantage des lâches n'est pas admissible. Ce que je veux dire, c'est que nous devons songer aux femmes de demain, au monde que nous allons leur léguer.

– Tu penses à Iris ? ironisa Athéna.

– Oui, par exemple. J'ai aussi été marquée par les propos de la Femme aux yeux d'acier inoxydable : « L'inégalité n'est pas naturelle, il revient aux femmes d'assumer la responsabilité historique de recréer les conditions d'une égalité entre les femmes et les hommes, après avoir réussi à bâtir une société qui, objectivement, est meilleure que celle du temps où les hommes gouvernaient. »

Athéna dévisagea Glaïeul, un étrange sourire sur les lèvres. Elle se pencha vers elle et lui dit d'une voix plus douce qu'à l'accoutumée :
– Tu me plais, Glaïeul.

La Proconsul se leva, fit quelques pas vers l'immense baie vitrée qui éclairait son bureau et permettait de contempler la place du Capitole. Puis elle se retourna :
– Tu sais, je ne suis pas éternelle. Un jour, je laisserai ma place. Et je te l'affirme aujourd'hui : j'apprécierais beaucoup qu'une femme comme toi me succède.

Flattée par cet hommage, Glaïeul esquissa à son tour un sourire.

– En attendant, reprit Athéna, nous avons du travail. Tu as carte blanche. Utilise au mieux ce Théophile et arrange-toi pour obtenir le meilleur résultat possible. J'ai confiance en toi ; mais n'oublie pas ma devise : « La roche Tarpéienne est près du Capitole. » De ta réussite dépend la décadence ou la grandeur de notre société.

Comme écrasée par une telle responsabilité, Glaïeul quitta le bureau d'Athéna après l'avoir saluée timidement. En regagnant la place du Capitole, elle se demanda si ce Théophile, dont elle ne savait finalement pas grand-chose, serait l'outil approprié d'une telle entreprise.

COMITÉ

— Je pars assister à mon cours de violon, annonça Aphrodite.

— Bien, moi, aujourd'hui je ne bouge pas, répondit Théophile.

La belle indienne mit son blouson de daim puis se retourna vers son amant :

— Tu sais, j'ai réfléchi à ce que tu m'as révélé hier, sur cette mission que veut te confier la Conseillère : je suis plutôt d'accord. Fais attention où tu mets les pieds, ne prends pas de risques inutiles. Mais quelque part, je suis heureuse que tu participes à ce projet.

— Je te remercie, dit Théophile. Cela dit, pour l'instant, je n'ai aucune nouvelle d'elle.

— Cela ne saurait tarder. Tu me tiendras au courant. Allez, à tout à l'heure !

La jeune femme venait juste de sortir de l'appartement quand retentit le téléphone portable. Théophile brancha l'appareil, pensant qu'il s'agissait justement de la Conseillère et de sa mystérieuse et épique mission. Mais il se trompait : c'était Jérémie, apparemment très excité.

– Théo ? Que fais-tu en ce moment ?

– Je bulle.

– Bon, arrête de penser et rejoins-nous d'urgence devant le Tribunal : nous venons d'apprendre que va se dérouler le procès d'Igor, et le comité de soutien aux Admis a décidé d'organiser un rassemblement. Dépêche-toi, on t'attend !

Jérémie raccrocha aussi sec. Théophile avait d'autres soucis en tête, mais il était membre du Comité et il ne pouvait pas manquer un tel rendez-vous. Il quitta précipitamment son domicile et attrapa un autobus qui le déposa devant le Tribunal, où était déjà réunie une vingtaine d'hommes munis de pancartes et de banderoles. La manifestation se déroulait dans le calme, mais d'imposantes forces de Police étaient visibles, en particulier une compagnie de CRS, une quarantaine de femmes casquées et armées de matraques en attente d'un ordre pour charger et disperser les manifestants. Ceux-ci n'avaient pas été autorisés à assister au procès et ils attendaient avec impatience que l'Avocate du Comité vînt leur donner le verdict. Plus le temps passait, plus l'ambiance s'alourdissait, et on en oubliait le vent léger et printanier, soufflant à travers les branchages des arbres magnifiques qui ornementaient la place du Tribunal.

Jérémie était très en verve et faisait patienter ses troupes en criant des slogans à l'aide d'un mégaphone. Quant à Théophile, il s'était associé à Simon pour brandir une gigantesque banderole confectionnée à la hâte et qui dénonçait la répression du pouvoir féminin en des termes crus mais judicieux, que la censure ne permet pas de transcrire en ces pages. La chance voulait que l'un des bars de la place de la Justice (que l'on appelait autrefois la place du Salin) fût tenu par un cafetier. Ce dernier, un bonhomme jovial, n'hésita pas à apporter des boissons aux manifestants pour passer le temps et rafraîchir leurs gosiers assoiffés par les huées, sous le regard réprobateur, voire jaloux, de la Commandante des CRS et de ses Policières.

Tout à coup, un silence pesant succéda aux cris de la foule masculine en colère. L'Avocate venait de surgir sur la plus haute marche de l'escalier du Tribunal. Sa mine était sévère et tout le monde comprit immédiatement qu'Igor avait pris le maximum. Mais ses congénères attendirent dignement l'énoncé du verdict par la femme en noir et blanc, et ce ne fut qu'après qu'ils laissèrent éclater leur colère. Tout se passa très vite, puisque dès les premiers signes d'émeute, les CRS rabattirent les visières de leurs casques, dressèrent leurs matraques et chargèrent. Quelques coups plus tard, la situation était déjà bien éclaircie. La plupart des manifestants s'étaient dispersés dans les rues adjacentes. Seul un carré d'irréductibles tentait de dresser une barricade improvisée en renversant une voiture garée à l'angle de la rue des fleurs. Les CRS devaient avoir reçu des instructions précises car les principaux meneurs avaient déjà été arrêtés, notamment Jérémie qui se débattit comme un beau diable jusqu'à ce qu'une Policière, une grande brune, lui assenât un coup de matraque énergique. Les responsables supposés du rassemblement furent ensuite jetés sans ménagement dans un panier à salade où des CRS leur passèrent immédiatement des menottes aux poignets.

Dès les premiers instants de l'échauffourée, Théophile et Simon avaient abandonné leur banderole et s'étaient mis à courir dans la rue de la Pharaonne. Mais les CRS étaient bien entraînées et elles n'eurent aucun mal à les rattraper et à les ramener de force vers leurs véhicules. Pourtant, alors que Simon suivait le sort de ses prédécesseurs et était poussé brutalement dans un camion, Théophile fut conduit devant une femme en civil qui donna l'ordre de l'installer dans une voiture banalisée. Visiblement, il avait droit à un traitement particulier. Une CRS lui passa des menottes, puis la femme en civil s'installa à côté de lui :

– Appelez-moi Marguerite. Je suis lieutenant de Police dans les forces secrètes de sécurité intérieure. Donnez-moi vos papiers.

– Je suis innocent, clama Théophile à tout hasard.

– Vous dites tous la même chose. Allez, vos papiers !

Théophile obtempéra aussi vite que ses menottes le lui permettaient pour sortir son portefeuille. Il tendit sa carte d'identité à la policière qui la scruta scrupuleusement en disant comme pour elle :

– Oui, c'est bien lui.

Elle commença alors à l'interroger en le dévisageant sans aménité :

– Que faisiez-vous à cette manifestation ?

– Je manifestais ! J'en ai le droit, je suis un Admis, c'est marqué sur ma carte, je ne suis ni un Rebelle ni un Normalisé.

– Le jour où l'on verra des Normalisés défiler dans les rues, j'aurai de la barbe, répondit Marguerite d'un ton sec et goguenard. Allez, emmenez-le au dépôt avec les autres, ajouta-t-elle en s'adressant à la conductrice de la voiture banalisée, une CRS qui n'avait pas l'air particulièrement aimable.

Effectivement, Théophile fut conduit dans un centre d'internement de la Police et placé dans la même et vaste cellule que ses congénères qui pansaient leurs plaies et bosses après la charge musclée des CRS.

Jérémie était un peu moins véhément qu'au début de la manifestation. Théophile s'approcha et lui demanda s'il se sentait bien.
– Ça va, répondit Jérémie, mais elles ont eu la main lourde, tant pour Igor que pour nous.
– À ton avis, qu'est-ce qui nous attend ?
– Oh, dans le meilleur des cas, nous allons tous être condamnés à payer quelques rosaces pour trouble à l'ordre public. L'avocate n'a pas fini de plaider...

Robert, l'un des manifestants, avait l'air particulièrement affecté. Il se mêla à leur conversation en interrogeant d'un ton inquiet :

– Dites, les gars, c'est vrai ce que l'on raconte sur le dépôt ? Il paraît qu'il y a des sévices physiques ?

– C'est la rumeur, rétorqua Jérémie. En vérité, il vaut mieux se tenir à carreau, sinon elles distribuent facilement des claques. Mais bon, inutile de s'alarmer outre mesure.

Le silence revint dans la cellule, chacun ruminant ses pensées. Soudain, la porte s'ouvrit et une gardienne apparut, une liste à la main. Elle fit l'appel puis demanda au premier de la suivre. Une sourde inquiétude s'abattit sur les prisonniers. Qu'allaient-ils advenir d'eux dans la prison des femmes ?

DERNIÈRE MISE AU POINT

À travers un miroir sans tain, Athéna, Glaïeul et la Femme aux yeux d'acier inoxydable contemplaient Théophile qu'interrogeait la lieutenante de police. Contrairement aux appréhensions de l'homme, la policière était courtoise, ferme mais polie. Elle remplissait au gré des réponses du détenu un questionnaire qui allait servir à actualiser le fichier central de surveillance des minorités masculines. Ce fichier permettait de suivre l'évolution des hommes recensés, leur degré d'intégration à la société féminine, et si possible de prévenir leurs dérapages éventuels. En effet, la Police des femmes, malgré sa redoutable efficacité, était plus préventive que répressive. Il était vrai aussi que la gent masculine - excepté les Rebelles, et encore - n'avait guère de velléités de révolte violente et que, tout compte fait, la société de cette fin du XXe siècle était plutôt sereine et agréable.

La lieutenante semblait avoir terminé son interrogatoire de routine. Elle appuya sur un bouton dissimulé à un angle de son bureau. Aussitôt, une gardienne de la paix surgit dans la pièce où les trois femmes observaient discrètement Théophile pour leur confirmer que l'entretien policier était terminé, et qu'elles allaient pouvoir à leur tour discuter avec l'homme arrêté. Après un dernier regard à travers la glace sans tain, elles rejoignirent l'autre pièce et s'installèrent face à Théophile qui les regarda d'un air surpris. Il connaissait Glaïeul, avait déjà vu le portrait d'Athéna dans des revues officielles de la municipalité et découvrait la Femme aux yeux d'acier inoxydable. Mais il était surtout étonné par la réunion solennelle de ces trois sommités de la vie politique de la cité tolosane. C'était, apparemment, lui faire beaucoup d'honneur et il songea immédiatement à sa mission. Il n'avait pas tort car c'était bien le sujet dont elles voulaient l'entretenir.

En fait, une fois encore, ce fut Glaïeul qui monopolisa la parole, en revenant sur les impératifs et les objectifs de la mission qu'elles désiraient lui confier. Athéna conservait un silence distant, propre à sa haute qualité. Quant à la Femme aux yeux d'acier inoxydable, on lisait essentiellement dans son regard une curiosité rêveuse. Face au flot de questions et de recommandations, Théophile commençait à regretter d'avoir accepté l'offre de Glaïeul et il fut presque soulagé lorsque la Femme aux yeux d'acier inoxydable ouvrit enfin la bouche pour lui demander de dialoguer. Ce qu'il accepta bien volontiers car cette femme à l'air doux et intelligent l'intriguait. Sans se présenter, elle posa sa première question :

— Aimez-vous les femmes, Théophile ?

— Vous vous posez la question ?

— Non, je suis intimement persuadée que vous adorez les femmes, mais j'aimerais entendre de votre bouche la raison pour laquelle vous acceptez de participer à une telle entreprise alors que vous risquez d'être traité de renégat, de collaborateur par vos amis masculins.

— Je n'ai pas l'impression de collaborer, d'abord parce que vous savez bien que je ne leur ferai pas de tort, ensuite parce que votre projet me semble positif pour eux comme pour vous.

— C'est vrai, reconnut la Femme aux yeux d'acier inoxydable, je dirais même que les hommes ont plus à gagner que les femmes dans la réalisation de ce projet.

— Alors, pourquoi le faites-vous ? demanda fort logiquement Théophile.

— Là est la grandeur des femmes, répondit-elle. Contrairement aux hommes, nous n'avons pas la soif du pouvoir.

– Vous exagérez peut-être un peu, remarqua Théophile. Le pouvoir, ce n'est pas forcément désagréable ou négatif et depuis le Grand Blutch, je trouve que les femmes l'assument plutôt bien.

– Vous croyez vraiment que le pouvoir féminin n'existe que depuis le Grand Blutch ? Il est indéniable que les deux derniers siècles ont vu l'émancipation de la femme, tandis que les hommes étaient relégués à une place subalterne et marginale. N'en déduisez pas pour autant que le pouvoir féminin a émergé récemment : je suis en train de relire un écrivain masculin, un libertin de la cité bordelaise à la fin du XXe siècle, un certain Philippe Sollers... Vous le connaissez ?

– Je ne savais même pas que les hommes avaient pu écrire des livres, répondit Théophile.

– Et pourquoi donc ? Bref, ce Sollers a eu l'intuition du pouvoir des femmes, transcendant les siècles. Et plus que sa réalité, c'est sa transcription qui a fait défaut, c'est en quelque sorte un problème d'hagiographie. Aujourd'hui, oui, on peut affirmer que le pouvoir n'est plus mixte. Mais de tout temps, les femmes ont été présentes, ne soyez pas naïf.

– Je ne suis pas naïf, je ne me suis jamais posé la question. Vous savez bien que la société actuelle a

110

pour principale conséquence d'infantiliser les hommes, dans le meilleur des cas.

– Eh bien, c'est ce que nous allons essayer de changer.

« Un vrai conte de fées », pensa Théophile qui se demandait où était le piège. Oui, vraiment, ce projet, qui paraissait aussi simple, était en réalité tellement utopique qu'il devait dissimuler une chausse-trappe. L'homme contempla les trois femmes. Il avait soudain envie de tout laisser tomber, d'envoyer promener ces matrones trop sûres d'elles, et de reprendre le cours paisible de sa petite vie rangée, au chaud, près de sa belle et aimée Aphrodite. Qu'allait-il se compliquer l'existence avec ces calculs tortueux, où il n'avait personnellement rien à gagner, hormis quelques récompenses superficielles ?

Son visage devait être expressif car Glaïeul se pencha vers lui et, comme si elle avait deviné le fond de ses pensées et les hésitations qui tourmentaient son âme, lui dit d'une voix douce :
– Ne craignez rien, Théophile, tout se passera bien. C'est une marque de confiance que nous vous faisons, tout le monde y gagnera et d'abord vous. Tiens, je suis prête à vous obtenir un versement

supplémentaire d'unités pour vous prouver ma bonne volonté.

– Vous me prenez vraiment pour un mercenaire, répondit Théophile. Vous savez, les hommes ne vivent pas que pour l'argent.

Ulcérée par ce persiflage, Athéna s'écria :

– Taisez-vous, malotrus, et contentez-vous de prendre ce que nous voulons bien vous donner !

Puis, se tournant vers ses compagnes :

– Ce mâle m'agace. Venons-en au fait et ne tergiversons plus sur les humeurs de cet individu. S'il a le profil, qu'il entame sa mission, un point c'est tout.

– L'entretien n'a pas été inutile, Proconsul ! protesta la Femme aux yeux d'acier inoxydable. Ses doutes sont légitimes, mais je crois qu'il est digne de notre confiance.

– Très bien ! s'exclama Glaïeul. Alors, mettons-nous au travail. Votre premier objectif, Théophile, sera de contacter la bande du métro dans le quartier ouest.

– Et pour quand est prévu ce premier contact ? interrogea Théophile.

– Pour tout de suite, répondit Athéna d'une voix ferme.

MÉTROPOLITAIN TOULOUSAIN

Quelques semaines auparavant, Aphrodite avait voulu emmener Théophile voir une édition d'une des plus célèbres photographes de la cité tolosane, présentée dans la galerie du Château d'Eau, au pied du Pont-Neuf. Elle tenait en effet à ce que son concubin se cultivât et ne se contentât point de télécharger stupidement et passivement des programmes artistiques du monde entier sur leur ordinateur personnel, de visionner à la télévision des cassettes acquises sous le manteau, ou d'aller prendre un verre au café avec les Jérémie et autres bipèdes masculins aux conversations simplistes. Pour lui faire plaisir, Théophile l'avait accompagnée et, studieux, avait contemplé une série de clichés sur le métropolitain. La création de la première ligne du métro, du temps (lointain et mythique) où le maire de la ville était un homme, la multiplication des lignes, la modification de la physionomie des voyageurs, l'évolution vestimentaire et, surtout, la présence de plus en plus de femmes et de moins en moins d'hommes. L'histoire contemporaine du métro était cependant liée en partie au genre masculin car un groupe rebelle s'était attribué trois stations en bout de la ligne numéro 9, que l'on appelait « la zone interdite » car ils défendaient farouchement leur territoire troglodyte. C'était cette fameuse bande du métro du quartier ouest que Théophile avait pour mission de contacter.

Comme n'importe quelle voyageuse, Théophile acheta un ticket qu'il glissa dans le composteur. Il accéda à une rame, se mêla à la foule patiente et sage, arriva peu après à une station où il changea de ligne pour emprunter la fameuse numéro 9. À la dernière station autorisée, toutes les passagères descendirent et une voix féminine synthétique avertit du danger qu'il y avait à continuer le voyage car le métro allait maintenant s'engager dans la zone interdite. En effet, par humanisme, les femmes avaient décidé que le métro continuerait à desservir la zone interdite au cas hypothétique où des Rebelles voudraient se repentir et réintégrer la civilisation. Vaine et utopique attention car les rames revenaient systématiquement vides, avec parfois, sur leurs flancs, des tags injurieux ou encore des vitres brisées lorsque soufflait le vent d'autan, le vent des fous qui rendait les hommes particulièrement nerveux.

Théophile savait tout cela mais son tempérament masculin lui faisait ignorer la peur. Après tout, les

Rebelles et lui allaient se retrouver entre hommes, et il y aurait toujours la possibilité de s'entendre. Il convenait tout de même qu'il fît preuve de diplomatie car il ne pouvait prévoir la réaction de ces Rebelles à l'étrange proposition du pouvoir féminin.

Le métro reprit sa course. Théophile restait seul dans la rame, seul également avec ses pensées. En passant, la lumière du métro fit surgir de l'obscurité un slogan bombé nerveusement sur le mur : « Averticemant (le A avait été entouré) : Hici zaune des homes ». La précision était éclairante et Théophile se tassa sur son strapontin, comme pour rassembler ses forces avant le face-à-face avec ses congénères révoltés. Allait-il réussir à les convaincre, à les ramener sur la voie de la raison et du dialogue constructif ?

Théophile descendit au terminus de la ligne 9. Contrairement aux autres stations, propres et coquettes, celle-ci avait un air d'abandon et de désolation. La rame repartit aussitôt, comme si elle-même pouvait craindre l'ambiance pesante qui régnait en ces lieux maudits. En se refermant, la portière automatique fit à l'envoyé des femmes une impression curieuse et désagréable. Il avança de quelques pas en évitant de marcher sur les détritus répandus sur le sol, puis héla pour attirer l'attention des Rebelles et les avertir de sa présence, leur signaler par la même occasion qu'il était un homme et s'éviter ainsi un premier contact aussi rapide qu'expéditif.

Bien lui en prit car, presque aussitôt, il vit apparaître un groupe d'hommes hirsutes qui s'éclairaient à l'aide de torches au pétrole et armés de lourdes massues. Athéna ne s'était pas trompée dans son choix. La bande du métro était véritablement l'un des groupes rebelles les plus primitifs, et il était fort judicieux d'entamer les négociations avec ceux-ci. Celui qui semblait être le chef – encore que la notion de hiérarchie semblait assez étrangère à ce clan – s'avança précautionneusement vers Théophile puis, comme soulagé d'avoir constaté qu'il s'agissait d'un homme, l'interrogea dans un français approximatif, non présentable ici, sur les raisons de sa venue au bout de la ligne numéro 9.

Les Rebelles, sévèrement et constamment réprimés par la Police, étaient méfiants, et le fait que Théophile fût un homme n'excusait pas tout a priori. Cela augurait mal de l'accueil qu'ils allaient faire à la proposition dont l'Admis était l'émissaire...

Théophile entama les palabres et au gré de circonvolutions complexes que le vocabulaire primaire du dialogue ne permettait pas d'imaginer, il en vint à expliquer la tentative de réconciliation du genre humain que proposaient les femmes. En réalité, on ne peut même pas écrire que sa suggestion fut rejetée. Elle se heurta surtout à un mur d'incrédulité et d'incompréhension. Tout au plus, le « chef » rebelle fit-il quelques remarques sur la société de « fric et de flics » des femmes, qui ne les attirait pas du tout. Mais globalement, les planqués du métro avaient du mal à concevoir ce qui leur était offert. Très vite, Théophile put mesurer la difficulté presque insurmontable de la réalisation de sa mission : Athéna, Glaïeul et la Femme aux yeux d'acier inoxydable étaient en avance de plusieurs générations.

Comme sous l'effet du retour d'une onde de choc, le comportement des Rebelles commençait à se modifier, ils prenaient peu à peu conscience du rôle étrange de Théophile, et du paradoxe qui faisait de cet homme le missi dominici des femmes honnies. Lentement mais sûrement montait une tension dangereuse et il était évident que dans peu de temps l'Admis des dames allait se faire massacrer par les Rebelles du métro. La victime potentielle de la violence suburbaine en prit heureusement conscience et, puisque son message avait été transmis, envisagea à haute voix un repli stratégique :

– Eh bien, Messieurs, dit Théophile d'une voix forte et claire, je crois que je vais maintenant vous laisser réfléchir. Je vous laisse un numéro de téléphone au cas où vous auriez une réponse à me faire parvenir. Quoi qu'il en soit, j'ai été ravi de faire votre connaissance.

– C'est cela, tire-toi, répliqua l'un des Rebelles.

– Écoute-moi, conclut celui qui s'apparentait au chef, tu vois, on n'est pas aussi méchant que le veut la légende, et tu pourras repartir entier du terminus de la ligne 9. Mais tu dois bien comprendre une chose, ou plutôt tu leur expliqueras, à tes amies femelles, le fond de notre pensée : nous ne voulons pas de leur société fade, soporifique et asexuée, de leur cocon étouffant de bons sentiments et d'hypocrisie féminine. Nous sommes heureux ici, qu'elles nous laissent tranquilles dans notre tunnel, nous y avons nos repères.

– Vous croyez vraiment qu'un plan de métro est un repère suffisant pour un homme ? répondit Théophile.

– Ne nous assomme pas avec tes raisonnements et estime-toi heureux de pouvoir prendre la prochaine rame. Les femmes nous castrent et nous ennuient, alors qu'elles vivent dans leur monde et nous dans le nôtre. Bon retour au gynécée.

Le chef se tut, comme épuisé par ce discours, puis, sur ces mots sans appel, le groupe menaçant s'éloigna sans bruit par un couloir sombre. Théophile, déçu par cette première approche négative, s'avança sur le quai pour attendre l'arrivée du métro. Ses commanditaires n'allaient pas être heureuses du résultat. Peut-être aurait-il davantage de succès dans sa prochaine tentative. Il se demanda chez qui allait l'envoyer Glaïeul.

BILAN INTERMÉDIAIRE

Pour ne point décourager la bonne volonté de Théophile, Glaïeul, après avoir écouté son compte rendu, le félicita chaleureusement. Puis elle coupa le téléphone et se tourna vers Athéna et la Femme aux yeux d'acier inoxydable :

– Vous avez entendu, dit-elle, ce n'est pas gagné.

– Cela t'étonné ? répondit Athéna. Finalement, je me demande pourquoi nous nous engageons dans une voie aussi risquée et stérile. Les hommes sont primaires et obtus, nous ne ferons jamais rien de positif avec eux.

– Ne doutons pas aussi vite, ajouta la Femme aux yeux d'acier inoxydable. Nous avons entamé les négociations avec l'un des groupes les plus hostiles à la modernité, et les plus misogynes. Je crois sincèrement que nous devons persévérer, ils ne sont pas tous aussi rétrogrades.

– Tu le penses vraiment ? ironisa Athéna qui semblait de fort mauvaise humeur ce jour-là. J'ai encore visionné hier soir un programme historique sur la condition féminine au XXe siècle. C'était terrible : femme domestique, femme qui ne pouvait pas avorter, femme soumise à l'homme, femme qui ne pouvait pas voter, femme esclave et victime systématique du machisme. Même lorsqu'elle travaillait, la femme gagnait moins d'argent que l'homme. Est-ce normal ?

– Bien sûr que non, dit la Femme aux yeux d'acier inoxydable, mais ce temps est révolu. Nous avons fait beaucoup de chemin depuis et il n'est pas question de revenir à cette situation.

– En es-tu certaine ? Les hommes ne vont-ils pas profiter de notre générosité pour tenter de reprendre leur domination ? Avons-nous le droit moral de courir ce risque ? Tu sais, notre projet s'est ébruité dans la cité tolosane, tu connais le pouvoir de la rumeur. Et je puis t'affirmer qu'il ne fait pas l'unanimité. J'ai reçu ce matin un rapport des services de sécurité, qui prétendait que des groupes féministes extrémistes étaient furieux et feraient tout pour entraver notre action. Je me demande même s'il ne va pas falloir protéger ce Théophile.

– Je suis au courant, il s'agit des Panthères, n'est-ce pas ? demanda la Femme aux yeux d'acier inoxydable.

– Exactement ; mais elles ne sont pas les seules à être révulsées par nos tentatives de dialogue avec les hommes. Beaucoup de femmes ont peur et ne veulent à aucun prix du retour des hommes.

Un silence pesant succéda à ce constat pessimiste, puis la Femme aux yeux d'acier inoxydable reprit la parole :

– Liberté, Égalité, Fraternité... Malgré ce que tu affirmes, Athéna, c'est pourtant ainsi que je vois la société de demain. Liberté, Égalité, Fraternité, les principes fondamentaux de l'ancienne République française, c'est la seule voie possible.

– Liberté, Égalité, Fraternité avec les hommes ? s'écria Athéna. Tu veux vraiment me faire perdre les prochaines élections ?

– Je veux faire avancer l'humanité, répliqua la Femme aux yeux d'acier inoxydable. Mais je ne suis qu'une philosophe, je n'exerce aucun pouvoir.

– Je m'en aperçois, ajouta Athéna. Imagines-tu la réaction de mes comités de soutien dans les quartiers si je présentais un tel programme électoral ? Tu veux vraiment effrayer la bourgeoise toulousaine ? Et songes-tu à l'avenir de nos petites filles ? Parfois, je vous trouve irresponsables, vous, les intellectuelles.

– C'est toi qui décides, dit la Femme aux yeux d'acier inoxydable, conciliante. Mais n'oublie pas tout de même que nous avons reçu des consignes du Comité Central. Que comptes-tu faire ?

– Nous allons continuer, évidemment, affirma Athéna. Mais le but sera une réintégration sociale des éléments masculins marginalisés, avec une aide sociale conséquente, dans une perspective égalitaire à long terme entre les femmes et les hommes. Cela étant, ne délire pas trop sur tes projets de nouvelle société mixte, mes électrices n'en voudront pas.

– Peut-être pas dans l'immédiat, précisa, perfide, la Femme aux yeux d'acier inoxydable.

– La discussion sur le sujet est close, conclut Athéna.

Puis, se tournant vers Glaïeul qui avait observé un mutisme prudent, elle demanda :

– Et ce Théophile, qu'en penses-tu ?

– Il est bien. Il a fait ce que nous lui avons demandé, il semble même assez enthousiasmé par notre projet. Je dirais presque que... j'éprouve de la sympathie pour lui.

– Il ne faudrait tout de même pas aller trop vite dans la réconciliation du genre humain, remarqua Athéna avec une pointe d'ironie. Eh bien, puisqu'il nous donne entière satisfaction, vers quoi allons-nous l'orienter maintenant ?

Glaïeul consulta le dossier qu'elle tenait ouvert sur ses genoux et en sortit une fiche :

– En raison du résultat très mitigé de son premier contact, je propose de l'envoyer maintenant chez le señor Patrick, rue des Arts.

– Qui est-ce ? demanda la Femme aux yeux d'acier inoxydable.

– Oh, disons que c'est en quelque sorte votre revers masculin, mais qui n'a pas votre dimension, évidemment... Un genre de gourou intellectuel pour les hommes. Il possède une influence indéniable dans le milieu des Admis, mais son audience est également importante chez certains groupes rebelles, du moins les plus modérés et les moins violents.

– Parfait, s'exclama Athéna, ne perdons pas de temps. Glaïeul, appelez Théophile le plus vite possible pour qu'il se rende chez ce señor Patrick, et rendez-moi compte, en espérant que cette nouvelle entrevue sera plus enrichissante. Nous referons le point aussitôt après.

Glaïeul et la Femme aux yeux d'acier inoxydable sortirent du bureau d'Athéna. Celle-ci se sentait un peu lasse et se servit un verre d'alcool. Elle repensa aux ambitions démesurées de la philosophe : Liberté, Égalité, Fraternité. Elle imaginait le scandale si la presse faisait ses gros titres sur un tel projet, du moins présenté d'une façon aussi provocatrice. Pourtant, quelque part, Athéna ne pouvait s'empêcher d'être flattée de participer dans l'ombre à cette utopie généreuse. Au fond, l'idée de séduire les hommes lui plaisait. « Mon cher Théophile, pensa-t-elle, il va falloir être convaincant. » Elle eut un sourire, amusée par ces tractations compliquées et dont, finalement, elle ne pouvait prévoir toutes les conséquences.

Pendant ce temps, Glaïeul avait regagné sa villa où l'attendait la jolie Iris. Sa jeune maîtresse était joyeuse car la fécondatrice avait signé toutes les autorisations nécessaires pour la mise en œuvre d'une grossesse. Attendrie, la Conseillère écouta les explications passionnées de sa compagne et en oublia presque les soucis que lui causait l'opération Théophile. Elle demanda juste à sa juvénile amie le temps nécessaire pour envoyer à l'Admis, par le réseau informatique, ses instructions, puis se consacra avec douceur et affection à l'élue de son cœur.

PAUSE

Aphrodite et Théophile avaient effectué un rapprochement corporel encore plus tendre qu'à l'accoutumée, et cette douceur était due, sans conteste, à l'état de prématernité de la jeune femme. Maintenant, ils se reposaient, au rythme de l'air de musique diffusé par les haut-parleurs jusque dans leur chambre. Aphrodite s'étira, comme pour reprendre ses esprits, puis elle se tourna vers son amant :

– Tu es en forme, en ce moment, mon Admis préféré. À quoi dois-je attribuer cette énergie ? À un moral printanier ? À l'œuvre discrète mais efficace d'une jeune maîtresse ? À tes activités secrètes pour le compte du pouvoir politique ?

– Tu vas chercher trop loin, répondit Théophile. Je suis tout simplement amoureux et heureux de notre futur enfant.

– C'est bon ! À propos, où en es-tu dans ta mission pour les instances municipales ?

Théophile raconta, sans s'étendre, son premier contact a priori infructueux avec la bande du métro. A priori... Car il était convaincu de la justesse de sa démarche et, qu'à terme, les Rebelles contactés arriveraient à réfléchir et à progresser dans le bon sens. Son optimisme parut excessif à sa compagne :

– À mon avis, mon cher, tu t'illusionnes. La plupart des gens se satisfont de la situation actuelle, les femmes comme les hommes, et je ne suis pas convaincue que tu as raison de t'embarquer dans cette galère fumeuse. Enfin, si cela t'amuse...

– Cela ne m'amuse pas, je pense sincèrement que le projet de ces femmes est bon et prometteur. Plus prosaïquement, tu seras très heureuse lorsque je t'emmènerai faire un séjour sur l'Île de la Félicité.

– L'Île de la Félicité, ce sera surtout intéressant pour toi. Quant au projet des femmes, je persiste à m'interroger sur ta participation. Je crois que tu idéalises beaucoup trop les femmes, tu seras terriblement déçu. Nous avons le pouvoir et nous n'allons pas le lâcher comme cela. Et toi, dans l'histoire, tu n'auras été qu'un instrument de contrôle, provisoire et manipulé.

– Je te trouve bien sévère à l'égard des femmes.

– J'en suis une !

Aphrodite se mit à rire, à la fois amusée de l'angélisme de son compagnon et heureuse de cette pause amoureuse à l'atmosphère agréable et complice. Elle songea fugitivement que dans sa région d'origine il n'y aurait pas de place pour de tels calculs politiciens et sociologiques tordus. La vie y était plus simple parce que la nature plus forte. Était-ce mieux, était-ce moins bien ? Elle ne jugeait pas, elle constatait. Son corps était détendu, son esprit serein, elle était comblée par sa vie dans la cité tolosane, sa vie de femme moderne et libre. Honnêtement - car elle était honnête –, elle reconnut qu'elle devait une bonne partie de son bonheur à Théophile, cet homme à la fois particulier et bien intégré. Puis elle mit un terme à ses pensées et exigea de son homme qu'il accomplît le nouveau rapprochement corporel dont elle avait envie et auquel elle avait droit.

Le printemps toulousain était ensoleillé, et pendant que la femme et l'homme faisaient l'amour, un rayon de soleil réussit à se glisser à travers un rideau de la fenêtre et à déposer un point blanc sur la couette en matière synthétique, rendue vivante par les deux êtres humains qu'elle recouvrait.

EL SEÑOR PATRICK

En marchant dans les rues du vieux Toulouse, que Théophile aimait tant, il se demandait quel visage offrirait la ville lorsque les femmes et les hommes seraient égaux. Mais tout cela était, finalement, trop difficile à imaginer et Théophile se concentra sur la deuxième phase de sa mission, l'entretien avec El Señor Patrick, dont il avait entendu parler à plusieurs reprises, mais qu'il n'avait jamais rencontré.

Au terme de quelques ruelles tortueuses du quartier Arnaud-Bernard, il parvint devant un immeuble plus ou moins délabré et grimpa un escalier en bois vermoulu mais au charme indéniable. La porte de l'appartement était ouverte car Patrick l'attendait, prévenu de sa visite par la messagerie informatique.

Le domicile était de dimensions modestes mais assez cossu, du moins selon les normes de l'habitat masculin. Le plus frappant était les multiples rayonnages où s'entassaient d'innombrables livres. Quant au propriétaire des lieux, il s'agissait d'un petit homme assez âgé, au visage expressif, l'œil vif et le cheveu tourmenté. Il fit asseoir son invité sur une chaise brinquebalante, autour d'une table ronde en bois - du merisier, très certainement - et lui offrit une boisson alcoolisée. Enfin, il souffla, comme content d'être venu à bout des obligations de la civilité, et l'interrogea sur le motif de sa venue.

Théophile ne perdit pas de temps en préliminaires et expliqua assez rapidement les propositions du Comité Central féminin. Son discours produisit indéniablement un effet considérable sur son interlocuteur dont le visage devint encore plus mobile qu'à l'habitude. Lorsque les tics nerveux s'apaisèrent, Patrick se resservit un verre d'alcool, sans en proposer à son invité tellement son émotion était forte, le but d'une traite puis se mit à réfléchir puissamment pendant de longues minutes. Il retrouva enfin la parole ; sa voix était sourde et grave, il sembla d'abord se parler à lui-même   :
– Elles ont osé... Elles feront toutes les provocations, toutes... Jusqu'où iront-elles ?

Il se tourna ensuite vers Théophile :
– Vous êtes un homme... Pourquoi acceptez-vous de faire cette démarche pour le compte des femmes ?

– Pourquoi pas ?

– Oui, évidemment, pourquoi pas ?... Vous n'avez aucune conscience politique, et ce n'est pas votre faute, vous êtes conditionné, vous ne réalisez plus... Mon jeune ami, puis-je vous poser quelques questions de culture générale ?

Théophile, au fond, était amusé par ce curieux et âgé bonhomme. Il accepta de se prêter à son jeu.

– Très bien, le remercia Patrick. Alors, allons-y : connaissez-vous le docteur Livingstone ?

– Non, je n'en ai jamais entendu parler.

– Évidemment. Et Marguerite Yourcenar ?

– Ah oui ! C'est une femme très intelligente qui a écrit des livres au siècle dernier.

– Bien sûr. Einstein ?

– Non.

– Voltaire ?

– Non.

– Le Général de Gaulle ? Georges Pompidou, Valéry Giscard d'Estaing, François Mitterrand, Jacques Chirac ?

– Non.

– Claudia Schiffer ? Françoise Giroud ?

– J'en ai entendu parler.

– C'est bon, j'ai compris. Suivez-moi.

Patrick entraîna Théophile devant l'un des rayonnages de sa bibliothèque et lui montra de la main les ouvrages soigneusement rangés, comme un trésor caché et précieux. Sur un ton profond, presque sacré, il dit à son hôte :

– Contemplez, jeune homme, ce savoir livresque, ce reflet imparfait de la puissance disparue des hommes, le tombeau de la connaissance masculine. Oui, ici, vous ne lirez que des ouvrages rédigés par des hommes, au temps où les femmes n'en avaient pas fait des bêtes stupides, des animaux de compagnie. Oui, mon ami, la vérité est là : l'intelligence était masculine, et les femmes qui commandent aujourd'hui au destin du monde ne sont que des singes savants, qui ont pris le pouvoir par la ruse et la duplicité.

Théophile trouva du coup que son hôte était moins sympathique et à vrai dire quelque peu dérangé. Il répondit :

– Vous ne pensez pas que votre vision est trop manichéenne ? Peut-être fut-il une époque où les femmes n'avaient pas le loisir ni la liberté d'écrire des livres. Et puis, la vie ne se réduit pas à l'écriture. Les femmes sont tout simplement l'autre moitié qui équilibre le monde, l'autre branche du compas.

– Ah, quelle naïveté !

Le vieillard était sincèrement épouvanté. Il parut hésiter quelques instants entre la vive colère et la profonde affliction et choisit finalement une solution médiane.

– Je n'insiste pas, je prends sur moi et vous pardonne vos outrages inconscients et involontaires à la mémoire de la gent masculine. Mais essayez de réfléchir à ce que vous avez découvert chez moi, dans mon antre de misérable gardien d'une splendeur anéantie. N'oubliez pas, il en va de la dignité de l'homme. Allez, partez, maintenant, je suis las.
– Et la proposition dont je me suis fait l'écho ? interrogea Théophile.

Patrick ferma les yeux, comme un adulte agacé mais compréhensif devant la bêtise d'un bambin. Lorsqu'il les rouvrit, son regard semblait ailleurs, perdu dans de nouvelles pensées lointaines. Il était évident que l'entretien était terminé et qu'il ne voulait même pas se souvenir du projet des femmes. Il reconduisit Théophile vers l'entrée de l'appartement, le salua avec beaucoup d'amabilité et lui proposa de revenir le voir aussi souvent qu'il le souhaitait. Quant à l'idée de s'entendre avec les femmes dans la perspective d'une nouvelle société, elle relevait d'une aberration intellectuelle délirante, d'un cauchemar fugace qui s'apparentait à de la mauvaise science-fiction. Telle fut en tout cas la dernière impression que Théophile emporta de son entretien avec El Señor Patrick.

ERRANCE

Après son entrevue stérile avec El Señor Patrick, Théophile erra un moment dans les rues de la cité tolosane, embellie par un joyeux soleil de printemps. Il croisait des femmes jolies et souriantes, mais ne faisait pas attention à toutes. C'était quoi, une femme ? L'amour ? Le pouvoir politique et social ? Vaginale, clitoridienne ? Un sentiment profond et indispensable, femme oxygène ? « C'est beau, une femme », pensa Théophile. Rue des Lois, il tomba nez à nez avec Simon. Ils marchèrent en devisant jusqu'à un troquet autorisé aux hommes, mais Théophile ne lui fit aucune confidence. Il gardait par-devers lui le secret de ses magouilles avec les femmes. Son ami ne comprendrait pas, pas encore. Ils discutèrent longuement, surtout Simon, de ses petits problèmes de vie de petit homme dans la grande cité féminine. Oui, comme cela était difficile d'être un homme de nos jours !

Puis Simon salua son copain et s'éloigna. Théophile se dirigea alors vers une cabine publique informatique et envoya un message à Glaïeul pour rendre compte de sa visite au Señor Patrick. Il conclut son envoi épistolaire par :

« Attends vos prochaines instructions ». À vrai dire, il se sentait un peu découragé. Il n'imaginait pas que cette mission serait aussi difficile et il ne parvenait pas à en concevoir l'aboutissement. Il s'assit sur un banc et se mit à rêver. Une jolie femme vint s'installer à côté de lui et commença à le draguer : assez petite, brune, bien en chair, certainement un coït agréable. Théophile répondit à ses avances et la suivit chez elle.

VA-TOUT

La mayonnaise avait pris, se dit Athéna. Bien sûr, on était assez loin du résultat idéal, immédiat et maximal dont avait dû rêver quelque haute personnalité du Comité Central, mais incontestablement les fruits de la mission de Théophile étaient là, tangibles et matérialisables sur un rapport top secret. Des contacts opérationnels avaient été pris, le message était passé tel que prévu dans le monde masculin et il n'y avait plus qu'à attendre les réactions positives à moyen terme. Quant aux réactions négatives à court terme, elles avaient été identifiées et neutralisées. Les éléments féministes les plus durs avaient accepté, certes avec réticence, cette expérience originale, et les groupes terroristes masculins rebelles les plus violents n'avaient pas mené d'opérations de représailles. Bref, tout ce petit monde digérait l'information, l'analysait, la disséquait, mais calmement. L'affaire, surtout, ne s'était pas ébruitée et les prochaines élections se dérouleraient dans la sérénité démocratique. Athéna était très contente de Glaïeul et lui donnerait de l'avancement dans sa prochaine équipe municipale.

Elle avait eu une conversation le matin même avec la Femme aux yeux d'acier inoxydable, qui partageait sa satisfaction ; sur un plan plus intellectuel il est vrai, mais la concordance était là. La philosophe conseillait, pour boucler la boucle avant de clore le dossier, de jouer le va-tout et d'envoyer Théophile au contact des Chevaliers, une horde masculine particulièrement virile et misogyne qui se déplaçait à cheval - d'où leur nom - dans un quartier du sud-ouest de la cité tolosane où les femmes ne s'aventuraient jamais. Glaïeul était également d'accord pour tenter cette ultime entrevue. Elle signala simplement qu'elle trouvait Théophile fatigué et désorienté, la pression psychologique commençait à se faire sentir sur leur émissaire dont il ne fallait pas abuser. Athéna partageait son opinion car elle était satisfaite de ce mâle, et même si de vieux réflexes lui faisaient parfois oublier qu'il s'agissait d'un être humain, avec ses limites et ses faiblesses, elle s'obligeait à considérer autrement cet homme puisque, après tout, la finalité de l'opération était une évolution des relations entre les deux pôles du genre humain.

Glaïeul se chargea donc de solliciter une dernière fois le dévoué Théophile, qui ne montra d'ailleurs guère d'enthousiasme à aller contacter les

Chevaliers. Fort du résultat de ses deux premières missions, il expliqua à la Conseillère que, si les Chevaliers étaient évidemment incontournables dans l'univers masculin, ce qu'il savait de leur philosophie de l'existence les rendait particulièrement imperméables au projet de mixité dont il se faisait le héraut. Glaïeul acquiesça aux remarques judicieuses de son messager, mais insista en soulignant la nécessité de, justement, aviser de cet ambitieux projet tous les acteurs de l'actuelle société duale, y compris et d'abord ceux qui paraissaient les plus hermétiques à une évolution. Pour emporter sa décision et renouveler son enthousiasme, elle promit de lui envoyer, informatiquement, dans les plus brefs délais ses billets pour le séjour sur l'Île de la Félicité. Ce dernier argument n'était pas à la hauteur des propos de Théophile, mais celui-ci se sentait tellement usé par cette étrange mission qui remettait en cause son propre système de valeurs et le perturbait inconsciemment, tout progressiste qu'il était, qu'il accepta sans tergiverser davantage. Après tout, il s'était engagé ; autant aller jusqu'au bout.

Dès le lendemain matin, il emprunta un véhicule électrique banalisé des forces de sécurité, qui avait été mis à sa disposition. Il avait décidé de partir aux aurores car il savait que les Chevaliers sortaient tôt afin de promener leurs montures. Très rapidement, car à cette heure-ci du jour la circulation était faible, il s'éloigna du centre-ville de Toulouse et parvint sur les terres des Chevaliers. Il roulait lentement, au gré de rues désertes, dans un paysage qui n'était plus tout à fait urbain ni encore rural. Enfin, il aperçut, franchissant une haie, un groupe de cavaliers. Il fit un appel de phares pour leur faire comprendre qu'il voulait leur parler, puis coupa son moteur et s'approcha à pied de ses interlocuteurs. La première chose qu'il remarqua fut la fumée qui sortait des naseaux des chevaux. Levant les yeux, il surprit le regard dur et interrogateur de celui qui semblait être le chef de la horde. Cependant, Théophile n'était pas particulièrement impressionné. Lui-même cavalier émérite, même si ses revenus ne lui permettaient pas de multiplier les heures d'équitation, il appartenait en quelque sorte à la fratrie chevaleresque, et la distance qui existait entre son interlocuteur et lui, due à la position assise du premier, n'était pas significative. Il aborda donc d'une façon décontractée l'entretien avec le responsable, répétant une fois encore les propositions féminines. Contrairement aux conversations précédentes, le destinataire ne sembla pas s'émouvoir outre mesure des propos tenus. Il laissa errer son regard quelques instants dans le vague, puis se pencha vers Théophile :

– Voici ma réponse, Monsieur : nous ferons demain matin, à neuf heures, une incursion cavalière sur la place du Capitole. Qu'elles n'oublient pas de prévenir leurs CRS. Quant à vous, je vous remercie de votre rôle désintéressé et de votre honnêteté courageuse ? Je saurai m'en souvenir. Mes respects, Monsieur.

Puis le Chevalier s'éloigna à la tête de sa troupe. Théophile ne perdit pas son temps en conjectures et reprit la route vers la cité tolosane.

POINT PAR POINT

La Femme aux yeux d'acier inoxydable était optimiste. Elle se mit à rédiger la synthèse que lui avait demandée la Proconsul pour le Comité Central. Liberté, Égalité, Fraternité, elle n'en démordait pas.

Athéna, à l'abri derrière les épaisses tentures de la baie vitrée qui surplombait la place du Capitole, contemplait le triste spectacle du heurt violent entre les CRS et les Chevaliers qui alternaient leurs charges musclées.

ooo

Jérémie, à cette heure-là de la matinée, n'avait généralement pas beaucoup de clients. Il ferma alors à clef la porte de son café et se dirigea vers l'arrière-salle. Avec des gestes lents et précautionneux, il introduisit dans le lecteur de son ordinateur un vieux disque laser, qu'il venait de dénicher en farfouillant au marché Saint-Sernin. Lorsqu'il entendit les premières notes d'une chanson de Claude Nougaro, un artiste masculin du siècle précédent, il se mit à pleurnicher comme une petite fille.

ooo

Aphrodite et Iris ne se connaissaient pas. Pourtant elles se retrouvaient au même moment dans la salle d'attente du centre médical, afin de réaliser une échographie de milieu de grossesse. Tout irait bien, puisque les enfants seraient en pleine forme, qu'Aphrodite aurait un petit garçon et Iris une petite fille. Théophile et Glaïeul allaient être combles.

ooo

Simon sortit exténué du centre de loisirs où il avait été discrètement convié, la veille au soir, par les Nanas dévoreuses. Pour rentrer chez lui, il dut faire un détour car un panneau lumineux de la Municipalité annonçait la tenue d'une manifestation, sur la place du Capitole, qui perturbait la circulation.

ooo

La jolie infirmière regarda Patrick qui s'endormait, comme tous les jours après la piqûre qu'elle lui faisait dans les fesses.

L'homme hirsute descendit à la dernière station de la zone interdite de la ligne 9. Il déposa dans la boîte aux lettres le message rédigé à la main, après d'âpres discussions pendant une longue partie de la nuit, par ses congénères et lui, à l'attention du pouvoir féminin. Ce message, un long communiqué bourré de fautes d'orthographe, se terminait par une proposition de négociations secrètes.

ooo

Théophile décapsula une bouteille de bière, une rousse, la seule qu'il aimait dans ce type de boissons. Au fond, tout le monde allait bien.

ooo

UNE VIE BOULEVERSÉE

Le retour du printemps sur la cité tolosane faisait du bien aux corps comme à la ville ; la douceur, peu à peu, emportait la bataille. Glaïeul marchait le long des quais de la Garonne, savourant le décor à la fois somptueux et chaleureux. Ses pas la menèrent paisiblement jusqu'à la gare Matabiau, où elle arriva juste à temps pour prendre le train qui allait l'emmener jusqu'à la zone du désert.

Le voyage n'était guère long, elle eut à peine le temps de contempler le paysage, et de repenser à l'avertissement de la Femme aux yeux d'acier inoxydable : « Ne va pas le voir, ne t'intéresse pas à ce phénomène, tout ceci n'a aucune importance. »

Mais Glaïeul n'avait pas eu envie d'écouter la Femme aux yeux d'acier inoxydable. Bien au contraire, elle voulait revoir Théophile, ou plutôt ce qu'il était devenu : un ermite, un moulin à paroles planté dans la zone du désert, indifférent au monde tel qu'il était, indifférent au sable soulevé par le vent. Plusieurs mois s'étaient écoulés depuis la mission que le Comité Central avait confiée au compagnon d'Aphrodite ; après ce qui avait été considéré par les autorités politiques de la cité tolosane comme un succès, le brave Théophile avait repris son existence ordinaire, sa bière à la main. Mais personne, pas même Théophile le matin en se rasant, n'avait fait attention à l'étrange lueur apparue dans le regard de l'Admis qui avait suivi les ordres du Conseil Suprême, en effectuant cet étonnant voyage au cœur de ce monde divisé.

Étrange lueur, feu intérieur, qui ne tarda pas à produire ses effets : Théophile délaissa ses amis du café de Jérémie, se mit à lire des livres, puis un jour quitta Aphrodite et partit s'installer à quelques kilomètres de la cité tolosane, sur un territoire aride comme un désert, qui avait été rasé pendant les bombardements des affrontements féroces du Grand Blutch ; paysage devenu lunaire, dunes de sable sans intérêt où personne n'allait jamais. L'endroit idéal pour tout être humain qui aurait décidé, à un moment donné de son existence, de devenir un anachorète, un pur, un Cathare, un solitaire, un ermite sincère et réel. Un cénobite ne représentant dans les faits aucun danger pour une société établie. Personne ou presque ne s'inquiéta du choix de vie singulier effectué par Théophile. Quant à lui, il ne chercha pas à savoir s'il était touché par la grâce ou s'il voulait simplement compter les grains de sable ; il avait essentiellement l'impression d'être tranquille, et il en était très heureux.

Glaïeul fut naturellement la seule à descendre du train lorsqu'il s'arrêta à la station de la zone du désert ; elle se déchaussa pour marcher plus à l'aise dans le sable, et commença tranquillement à escalader la dune derrière laquelle elle savait qu'elle retrouverait Théophile.

Il était là, bien entendu ; il la regarda s'approcher, elle vit ses lèvres bouger avant même d'entendre sa voix. Elle lui sourit, mais ne fut pas certaine de constater chez lui une quelconque émotion en la voyant venir vers lui.

Pourtant, lorsqu'elle fut tout près de lui et qu'elle s'assit gracieusement sur le sable, il la regarda et lui adressa la parole ; il n'était donc pas fou, contrairement à la rumeur qui courait dans la cité tolosane ; Théophile se pencha vers Glaïeul et lui dit :
– Maïmonide nous apprend bien que le monde est parfait tel qu'il est (les lois de la nature qui sont le nom du Dieu créateur : Einstein dit cela « Dieu : c'est les lois de la nature »). Il y a cependant une

autre dimension du divin, dimension intime et personnelle qui peut nous conduire vers l'achèvement de la personnalité sur terre. Quelles que soient les circonstances, il y a un effort de pensée à mettre en œuvre. As-tu lu le journal d'Etty Hillesum : *Une vie bouleversée* ?

– Non, je n'ai pas lu ce livre, répondit Glaïeul d'une voix douce.

– Ah... Alors, je parle encore trop vite, trop tôt, répondit l'homme d'une voix lasse.

– Mais non, répondit la jeune femme, je t'écoute, je t'entends.

– Je te cite de mémoire un extrait de son texte : « Je suis surtout contente de n'éprouver ni rancœur ni haine, mais de sentir en moi un grand acquiescement qui est bien autre chose que la résignation, et une forme de compréhension de notre époque, si étrange que cela puisse paraître... Une chose est sûre : on doit tout accepter, être prêt à tout et savoir qu'on ne saurait nous prendre nos retranchements les plus secrets ; cette pensée vous donne un grand calme intérieur et l'on se sent à même d'accomplir les démarches pratiques réclamées par les circonstances... Là où on est, être présent à cent pour cent... Le grand obstacle, c'est toujours la représentation et non la réalité. La réalité, on la prend en charge avec toute la souffrance, toutes les difficultés qui s'y attachent – on la prend en charge, on la hisse sur ses épaules et c'est en la portant que l'on accroît son endurance. Mais la représentation de la souffrance – qui n'est pas la souffrance, car celle-ci est féconde et peut vous rendre la vie précieuse –, il faut la briser. Et en brisant ces représentations qui emprisonnent la vie derrière leurs grilles, on libère en soi-même la vie réelle avec toutes ses forces, et l'on devient capable de supporter la souffrance réelle, dans sa propre vie et dans celle de l'humanité... Je ne pense plus en termes de projets ou de risques ; advienne que pourra, et tout sera bien. » Etty Hillesum est morte à Auschwitz, le 30 novembre 1943.

– Je comprends ce que tu veux me dire, dit Glaïeul. Mais quoi que tu aies vu ou ressenti, tu ne peux pas penser que notre monde est aussi cruel que celui d'Etty Hillesum. Tu exagères.

Théophile n'avait pas l'air absolument convaincu par cette remarque. Pourtant, il sembla à Glaïeul qu'une ombre joyeuse passa sur le visage de l'ermite ; être entendu ou compris, quelle différence, au fond ? Il leva les yeux au ciel, le soleil de printemps n'était pas chaud, mais si lumineux qu'il pouvait brûler l'homme-oiseau. Théophile baissa son regard, retourna sa tête vers celle qui pouvait être, finalement, son amie.

– Tu parles peu aujourd'hui, constata Glaïeul.
– Tu sais bien que je suis capable de tout te dire. Je sais tout, maintenant.
– Oui, mais pourquoi ? Comment est-ce possible ?

Théophile haussa légèrement les épaules. Il se leva, tendit la main à Glaïeul pour l'aider à se remettre debout, et tous les deux, main dans la main, un sourire aux lèvres, ils se mirent à marcher vers la deuxième colline de sable, bien plus haute que la première.

Éditeur :
Books on Demand GmbH,
12/14 rond-point des Champs Élysées,
75008 Paris, France

Impression :
Books on Demand GmbH, Norderstedt,
Allemagne

ISBN : 9782810628438

Dépôt légal : février 2016

www.bod.fr